Fabian Lenk

Fußballpokal der 1000 Gefahren

In der Reihe „1000 Gefahren“ sind erschienen:

RTB 52340 · Edward Packard, *Die Insel der 1000 Gefahren*

RTB 52343 · Edward Packard, *1000 Gefahren zur Geisterstunde*

RTB 52344 · R. A. Montgomery, *Der Urwald der 1000 Gefahren*

RTB 52345 · Fabian Lenk, *Das Meer der 1000 Gefahren*

RTB 52346 · Fabian Lenk, *Die Pyramide der 1000 Gefahren*

RTB 52361 · Fabian Lenk, *Das Fußballspiel der 1000 Gefahren*

RTB 52363 · Fabian Lenk, *Die Wüste der 1000 Gefahren*

RTB 52366 · Edward Packard, *1000 Gefahren im Weltall*

RTB 52396 · Fabian Lenk, *1000 Gefahren auf dem Piratenschiff*

RTB 52397 · Edward Packard, *1000 Gefahren im Strafraum*

RTB 52407 · Fabian Lenk, *1000 Gefahren im Gruselschloss*

RTB 52408 · Frank Stieper, *1000 Gefahren – Angriff der Roboterspinnen*

RTB 52426 · Frank Stieper, *Das Labor der 1000 Gefahren*

RTB 52437 · Frank Stieper, *1000 Gefahren im Internet*

RTB 52463 · Fabian Lenk, *1000 Gefahren in der Drachenhöhle*

RTB 52474 · Fabian Lenk, *1000 Gefahren bei den Rittern der Tafelrunde*

RTB 52475 · Edward Packard, *1000 Gefahren am Katastrophentag*

RTB 52498 · Fabian Lenk, *1000 Gefahren im alten Rom*

RTB 52501 · Fabian Lenk, *1000 Gefahren im Reich des Pharao*

RTB 52516 · Fabian Lenk, *1000 Gefahren im Fußballstadion*

RTB 52526 · Fabian Lenk, *1000 Gefahren bei den Dinosauriern*

RTB 52541 · Fabian Lenk, *1000 Gefahren bei den Indianern*

RTB 52542 · Fabian Lenk, *1000 Gefahren im Reich des Maharadschas*

RTB 52549 · Fabian Lenk, *Das Handy der 1000 Gefahren*

RTB 52550 · Fabian Lenk, *Die Safari der 1000 Gefahren*

RTB 52555 · Fabian Lenk, *Agent der 1000 Gefahren*

RTB 52556 · Fabian Lenk, *1000 Gefahren in den USA*

RTB 52567 · Fabian Lenk, *1000 Gefahren in der Wildnis*

RTB 52571 · Fabian Lenk, *Die Mannschaft der 1000 Gefahren*

RTB 52572 · Fabian Lenk, *Konsole der 1000 Gefahren*

RTB 52579 · Fabian Lenk, *1000 Gefahren auf dem Mars*

RTB 52591 · Fabian Lenk, *1000 Gefahren in der Schule des Schreckens*

Fabian Lenk

1000 GEFAHREN
DU ENTSCHEIDEST SELBST!

Fußballpokal der 1000 Gefahren

Mit Illustrationen
von Stefani Kampmann

Ravensburger Buchverlag

MIX
Papier aus verantwortungsvollen Quellen
FSC® C114500
FSC
www.fsc.org

Als Ravensburger Taschenbuch
Band 52592
erschienen 2018

Umschlag- und Innenillustrationen: Stefani Kampmann
Lektorat: Andreas Rode

Printed in Germany

1 2 3 4 5 E D C B A

ISBN 978-3-473-52592-8

www.ravensburger.de

РОССИЯ

Warnung!

Lies dieses Buch nicht in einem Zug von vorne bis hinten durch. Es enthält verschiedene Abenteuer, die du als Sportreporter bei einer Fußballweltmeisterschaft erleben kannst. Aber sei vorsichtig, denn überall lauern Gefahren: Dein Abenteuer führt dich zu illegalen Fußballturnieren, in seltsame Museen und in eine düstere Moorlandschaft. Und stets versucht jemand, dich zu foulen: Nicht nur vor deinen Gegnern auf dem Platz musst du dich in Acht nehmen, sondern auch vor rücksichtslosen Wettbetrügern, skrupellosen Ganoven und anderen zwielichtigen Gestalten.
Überleg also gut, wem du Vertrauen schenkst. Denk nach, bevor du dich entscheidest. Wenn du einen Fehler machst, gibt es kein Zurück! Dein Überleben hängt von deinem schnellen und guten Urteilsvermögen ab.

Viel Glück!

„He, Ben, du sollst zum Chef kommen!", ruft ein Kollege.
Zum Chef? Ups ... was kann das bedeuten? Hast du etwas verbockt?
Dein Boss – er heißt Müller – ist eigentlich ganz okay. Aber er kann auch ungemütlich werden. Vor allem dann, wenn ein Auftrag nicht innerhalb kürzester Zeit erledigt wird.
Du arbeitest als Reporter bei einem großen TV-Sender. Das heißt: Eigentlich machst du nur ein zehnmonatiges Praktikum. Aber weil du dich bisher ziemlich geschickt angestellt hast, wirst du wie ein normaler Mitarbeiter behandelt. Und jetzt, nachdem zwei deiner Kollegen überraschend gekündigt haben und zwei andere krank sind, herrscht absoluter Personalmangel. Da braucht der Sender dich mehr als je zuvor.
Das Fernsehen ist eine faszinierende, aber auch ziemlich harte Welt. Die Bosse erwarten, dass du schnell bist und auch mal zwölf Stunden am Tag reinhaust. Doch das macht dir nichts aus, denn du bist mit Leib und Seele Reporter. Am liebsten berichtest du über ferne Länder. Ein anderes großes Thema ist für dich der Sport. Tja, die TV-Welt ist einfach dein Ding – neben Fußball! Kicken ist deine zweite große Liebe. Du spielst in der dritten Liga und bist in der vergangenen Saison Torschützenkönig geworden! Jetzt ist gerade Sommerpause und du fieberst dem Saisonauftakt entgegen. Du willst mit deiner Mannschaft Meister werden und in die zweite Liga aufsteigen. Aber da ist noch etwas anderes, worauf du dich freust. Auf die Weltmeisterschaft in Russland!
Wegen der Sommerpause kannst du dich derzeit ganz auf den TV-Job konzentrieren. Nachdenklich gehst du zum Büro deines Chefs und klopfst an.
„Herein!", ertönt Müllers Stimme.

Lies weiter auf Seite 61

Du schießt herum und schlägst mit dem Pokal zu.
Smirnow weicht zurück und feuert auf dich – und du hast unglaubliches Glück: Die Kugel trifft nicht dich, sondern den schönen Pokal und wird abgelenkt. Und bevor der Museumsboss erneut schießen kann, landet die Trophäe an seiner Stirn.

Gute Nacht!

Bewusstlos sinkt Smirnow zu Boden. Du fesselst ihn mit dem Kabel eines Telefons und rufst die Polizei.

Später erfährst du: Smirnow hat im Auftrag eines fanatischen Sammlers gehandelt – und du solltest als Dieb herhalten. Wie gut, dass du diesen fiesen Plan vereiteln konntest!

Ende

Müller beugt sich vor. „In Sibirien sollen Skelette von urzeitlichen Mammuts entdeckt worden sein! Das habe ich von einem Informanten erfahren", sagt er mit leuchtenden Augen. „Ich möchte, dass du mit drei Kollegen der Sache nachgehst. Wenn euch Aufnahmen von den Biestern gelingen, wird das ein Hammer! Eine journalistische Sensation! Zunächst werdet ihr nach Omsk fliegen."
„Omsk? Nie gehört. In welcher Liga spielen die?"
Müllers Faust kracht auf den Tisch. „Ben, geh mir nicht auf die Nerven! Omsk ist eine Millionenstadt in Sibirien. Sie liegt am Zusammenfluss der Flüsse Irtysch und Om!"
„Om", wiederholst du und klingst wie ein Mönch in einem tibetanischen Kloster.
Die Augen deines Chefs werden schmal. „Sag mal, willst du mich auf den Arm nehmen?"
„Niemals!", sagst du schnell.
„Gut. Von Omsk werdet ihr weiterfliegen ins nordsibirische Tiefland und in der Hafenstadt Anadyr landen, wo ein Mann namens Wladimir ein komplettes Mammutskelett im Schlamm der Tundra entdeckt haben will. Findet das Mammut! Noch Fragen?"
„Nein."
„Gut, worauf wartest du dann noch? Abflug!"

Lies weiter auf Seite 74

Du hast den Ball, legst ihn an deinem Gegner vorbei und sprintest los. Der Kerl kann dir nicht folgen, aber er legt dich von hinten, sodass du schon wieder auf den Boden krachst. Mann, tut das weh! Und jetzt reicht es dir: Du fegst dem grinsenden Treter die Beine weg, sodass er ebenfalls auf die Nase fällt.
Das Publikum johlt und pfeift.
Der Schiri pfeift auch. Nicht nur das, er zeigt dir die Rote Karte!
Platzverweis! Du kannst es nicht fassen. Das war doch dein erstes Foul. Okay, es war schon ein ziemlich heftiger Tritt, aber die anderen haben sich viel mehr geleistet.
Du protestierst, doch es nützt nichts. Du musst runter vom Platz – und weil Igor das Spiel kaum allein gewinnen kann, seid ihr raus aus dem Turnier.
Wärst du doch nicht so unbeherrscht gewesen!

Ende

Es wird ein verdammt langer Flug mit vielen Zwischenstopps … Ziemlich erschöpft erreicht ihr endlich dieses kalte Nest namens Anadyr. Hier leben nur 13.000 Menschen. Es gibt einen Fischereihafen mit einer ziemlich verrosteten Fangflotte, eine riesige Zuchtstation für Legehennen und – immerhin – ein ganz gutes Hotel, wo ihr erst einmal unterkommt.

Als du deinen Koffer auspackst, bimmelt dein Handy. Müller ist dran.

„Ben, wir haben ein Problem. Bei unserem Team, das über die Spiele bei der WM berichten soll, sind zwei Leute krank geworden. Magen-Darm. Die fallen definitiv ein paar Tage aus."

„Und das heißt?"

„Das heißt, dass ich zwei Leute von eurem Team abziehen muss. Die beiden müssen sofort nach Moskau und für die erkrankten Kollegen einspringen!"

Nach Moskau … wow, vielleicht kommst du ja doch noch in den Genuss der WM!

„Du, Ben, kennst dich ja mit Fußball bestens aus", fährt Müller fort. „Aber ich überlasse das euch, wer nach Moskau fliegt. Die Mammutgeschichte halte ich aber für wichtiger – denn über die WM berichten alle. Doch die Mammutskelette haben wir womöglich exklusiv. Ruf mich in einer Viertelstunde an und sag mir, wie ihr euch entschieden habt."

Damit beendet Müller das Gespräch.

Lies weiter auf Seite 100

Okay, also ein Duell mit einem Fußball. Verdammt irre und vermutlich auch verdammt gefährlich.

„Wie soll das ablaufen?", fragst du diesen höchst unsympathischen Typ namens Pjotr.

„Ganz einfach", erklärt der Kerl dir und deutet auf das gerade leere Spielfeld. „Wir stellen uns jeder in eines der beiden Tore. Dann wird ein Ball auf den Anstoßkreis gelegt. Es ertönt ein Pfiff und jeder von uns versucht, als Erster am Ball zu sein. Wem zuerst ein Tor gelingt, der hat gewonnen."

Okay, verstanden.

Schon geht ihr in Position. Alle Augen sind auf euch gerichtet. Das Publikum ist offenbar ziemlich angetan von diesem neuen Spiel und setzt auch schon fleißig seine Rubel. Du gehst davon aus, dass die meisten auf diesen schrecklichen Pjotr setzen. Sollen sie nur, das ist dir egal. Du konzentrierst dich auf den Schiri, der jetzt die Pfeife in den Mund steckt. Doch bevor er das Duell anpfeift, saust Pjotr, dieser miese Betrüger, einfach schon mal los, um als Erster am Ball zu sein. Der Schiedsrichter hält ihn nicht zurück.

Wenn du trotz des Nachteils versuchst, ebenfalls als Erster am Ball zu sein, lies weiter auf Seite 51

Wenn du lieber im Tor bleibst, lies weiter auf Seite 108

Wow, das Eröffnungsspiel mit Gastgeber Russland am 14. Juni im berühmten Olympiastadion Luschniki mit rund 80.000 Fans ist großartig! Was für eine Stimmung! Es wird ein fantastisches Spektakel.
Nach dem packenden Match gelingen dir Interviews mit den Trainern und einigen wichtigen Spielern.
Dann gibt es auch noch die obligatorische Pressekonferenz. Dabei lernst du einen netten Kollegen von einem russischen Sender kennen. Er heißt Igor und spricht fließend Deutsch, weil er einige Semester in Berlin studiert hat.
Nach der Arbeit trinkt ihr noch ein Glas zusammen und unterhaltet euch. Dabei erfährst du, dass Igor ein ebenso begeisterter Fußballer ist wie du. Er spielt in der zweiten russischen Liga, die derzeit auch pausiert – schließlich ist WM im Land! „Aber wir kicken trotzdem. Wir haben hier ein sehr spannendes Hallenturnier. Die Teams bestehen aus zwei Spielern", berichtet Igor. „Gekickt wird im K.-o.-System. Wer das Finale gewinnt, bekommt einen Pokal, der randvoll mit Rubeln ist. Es kommen immer Hunderte von Zuschauern, die jede Menge Geld setzen. Ganz legal ist es nicht … aber was soll's! Heute Abend nehme ich mit meinem Kumpel an dem Turnier teil. Um 21 Uhr geht es los. Willst du nicht vorbeikommen?"
Hm, klingt interessant. Andererseits wird das bestimmt ein langer Abend und morgen hast du wieder ein volles Programm.

Wenn du dich lieber auf deine Arbeit konzentrierst, lies weiter auf Seite **16**

Wenn du zu dem Turnier gehst, lies weiter auf Seite **69**

Dein Misstrauen gegenüber Wladimir ist völlig unbegründet. Er führt euch über den schwankenden Moorboden zu einer morastigen Senke – und hier ragen tatsächlich die Knochen eines Mammuts aus dem Boden! Schädel, Brustkorb, ein Teil der Wirbelsäule: Alles ist perfekt zu sehen. Sofort beginnt ihr mit der Arbeit.
„Das liegt bestimmt an der zunehmenden Erderwärmung“, vermutet Edgar. „Der Boden ist an dieser Stelle aufgetaut und hat das Skelett freigegeben.“
„Gut möglich“, stimmst du ihm zu. Doch etwas trübt deine gute Laune: Das Becken und die Hinterläufe des Mammuts stecken noch im Morast und sind nicht zu sehen.

Wenn du das Freilegen des Skeletts den Experten überlässt, lies weiter auf Seite 24

Wenn du versuchst, das Mammut komplett freizulegen, lies weiter auf Seite 33

Am nächsten Tag ist kein Spiel in Moskau. Das gibt dir die Gelegenheit, dich mit deinem Kollegen Thomas um das deutsche Team zu kümmern. Ihr macht eine kurze Reportage über das Training der Mannschaft, die sich gerade auf ihr erstes Gruppenspiel vorbereitet.

Am späten Nachmittag bekommst du noch eine interessante Einladung, und zwar von Dr. Smirnow, dem Leiter eines Museums, das an das Luschniki-Stadion angrenzt. In diesem Museum werden Meilensteine aus der Geschichte des ruhmreichen Vereins Spartak Moskau gezeigt, der 1922 gegründet wurde und Rekordmeister ist. Der Traditionsverein hat viele Fans und genießt schon fast Kultstatus.

„Wollen Sie sich unsere Schätze anschauen und darüber in Ihrem Sender berichten?", fragt Smirnow am Telefon.

Wenn du das Museum besuchst,
lies weiter auf Seite **20**

Wenn du dich lieber ein wenig
ins Moskauer Nachtleben stürzt,
lies weiter auf Seite **110**

Das passt dir überhaupt nicht. Aber was willst du tun? Dein Chef Müller erwartet Ergebnisse. Und das Geld bekommst du bestimmt vom Sender zurückerstattet. Also rückst du das fürstliche Honorar heraus. Als Wladimir deinen prall gefüllten Geldbeutel sieht, leuchtet die Gier in seinen Augen.
Schnell steckst du ihn wieder ein. Dieser Wladimir wird dir immer unsympathischer. Du beschließt, auf der Hut zu sein. Wladimir bedeutet euch nun, ihn zu begleiten. Als du in den Jeep steigen willst, schüttelt er den Kopf. Ihr sollt ihm zu Fuß folgen.
Kurz darauf erreicht ihr samt der Kameraausrüstung ein Moor, das im dichten Nebel liegt. Jetzt beschleicht dich erst recht ein komisches Gefühl. Lockt Wladimir euch in eine Falle? Will er euch etwa im Moor versenken, um an euer Geld, die teure Kamera und das Auto heranzukommen?

**Wenn du Wladimir weiter folgst,
lies weiter auf Seite** **14**

**Wenn du lieber umdrehst,
lies weiter auf Seite** **34**

Plötzlich hat Smirnow ein Messer in der Hand.
Ach du Schande!, durchfährt es dich. Gehört Smirnow etwa zu den Tätern und will ihnen genügend Vorsprung verschaffen? Ja, so muss es sein! Dann wird er dich bestimmt ausschalten wollen, um einen Zeugen zu beseitigen. Da hilft nur eins: Attacke!

Du täuschst einen Schlag auf die Hand an, die das Messer hält. Prompt sticht der Kerl zu. Du weichst aus wie ein Torero und der Angriff geht ins Leere. Mit einem Hieb gegen die Schläfe schickst du Smirnow ins Reich der Träume.
So ein Mistkerl!, denkst du wütend. Aber ohne dich! Du gehst tief in die Hocke, katapultierst dich nach oben, bekommst die Kante zum Schacht zu fassen und ziehst dich hinein. Hier ist es stickig und furchtbar eng. Aber du kannst hindurchkrabbeln und gelangst zu einer weiteren Klappe. Du öffnest sie. Unter dir ist ein Büroraum samt Schreibtisch und Telefon. Perfekt! Kurz darauf hast du die Polizei informiert. Die Beamten errichten Straßensperren und schnappen die Diebe. Natürlich wird auch Smirnow verhaftet.
Du wirst in den Medien als Held gefeiert, weil du im Alleingang den Raub des wertvollen Fußballpokals verhindert hast. Glückwunsch!

Ende

Die Jungs mit den Kanonen streifen dich mit einem finsteren Blick, lassen dich aber durch.
Wow, was geht denn hier ab?, fragst du dich, als du in der Halle bist.
Die Halle ist bestimmt fünfzig Meter hoch und so groß, dass man locker mehrere Jumbojets darin parken könnte. Die Wände sind mit Graffiti übersät. Aggressive Rockmusik dröhnt aus gewaltigen Boxen. In der Mitte der Halle gibt es ein Fußballfeld. Die Linien wurden mit knalligen Farben einfach auf den Betonboden gesprayt. An den Längsseiten wurden simple Tribünen gezimmert, auf denen sich Hunderte von Leuten drängen. Die beiden Tore bestehen aus leicht rostigem Stahl. Überall machen sich Sportler warm.
„Hi, da bist du ja!", ruft jemand hinter dir.
Du drehst dich um. „Hi, Igor!", grüßt du deinen Kollegen, der bereits Sportklamotten trägt.
„Das ist mein Kumpel Dimitri", sagt Igor und deutet auf einen jungen Mann, der neben ihm steht. „Er ist mein Partner auf dem Platz."
„Hi!", grüßt du auch ihn. Dimitri hebt die Hand.
Eine junge Frau tritt an euch heran und stellt sich als Nadja vor. „He, willst du ein paar Rubel investieren?", fragt sie dich und lächelt.

**Wenn du nur zuschauen willst,
lies weiter auf Seite** **28**

**Wenn du Geld setzt,
lies weiter auf Seite** **76**

Du gehst ohne Thomas in das Museum, weil du erst einmal schauen willst, ob sich das Ganze überhaupt für eine TV-Reportage lohnt.
Smirnow ist ein freundlicher Typ mit Bauch und Halbglatze. Offenbar hat er mit jemand Älterem gerechnet, denn er sieht dich erstaunt an. Doch er ist ein höflicher Mann und siezt dich, obwohl du alles andere als ein alter Knacker bist.
„Wir haben bereits für die normalen Besucher geschlossen, aber für Sie mache ich eine Ausnahme", begrüßt er dich.
Smirnow führt dich durch sein Reich, zeigt dir alte Schwarz-Weiß-Fotos, Filmbeiträge mit flimmernden Bildern, eine große Sammlung von Wimpeln sowie Dinge, die eine besondere Bedeutung für den Verein und seine Fans haben: Maskottchen, ein paar alte Fußballschuhe, mit denen ein Spartak-Stürmer über einhundert Tore für den Verein schoss, oder ein Trikot mit dem Namen eines berühmten Mittelfeldregisseurs.
„Der Verein hat aber nicht nur Fans, sondern auch eine Menge Feinde", sagt der Museumsleiter lachend. „Denn in Moskau gibt es nicht nur Spartak, sondern auch die Lokalrivalen Torpedo Moskau und ZSKA Moskau. Deren Fans können unsere überhaupt nicht leiden – und umgekehrt natürlich auch nicht."
Nun betretet ihr einen Raum, in dessen Mitte ein goldener Pokal in einer Vitrine steht.
„Sie dürfen ihn ruhig rausholen und anfassen", bietet Smirnow dir an und lächelt unergründlich.

Wenn du den Pokal lieber in der Vitrine lässt, lies weiter auf Seite 30

Wenn du den Pokal anfassen willst, lies weiter auf Seite 96

Klar, Geld kann man ja immer gebrauchen. Aber du bist Fußballer durch und durch. Außerdem bist du schon immer fair gewesen. Daher kommt es für dich nicht infrage, dich bestechen zu lassen und absichtlich zu verlieren. Dein Freund Igor sieht das ganz genauso.
Das gefällt den beiden freundlichen Herren überhaupt nicht. Sie versuchen, euch einzuschüchtern, indem sie damit drohen, euch etwas anzutun, wenn ihr nicht spurt.
Doch ihr lasst euch nicht beeindrucken und gebt im Finale alles.
Es wird ein ganz enges Match. Lange Zeit steht es 3:3. Unentschieden. Die Halle brodelt, die Stimmung ist auf dem Siedepunkt. Beide Teams werden gleichermaßen angefeuert. Es ist ein hochklassiges und äußerst spannendes Spiel.

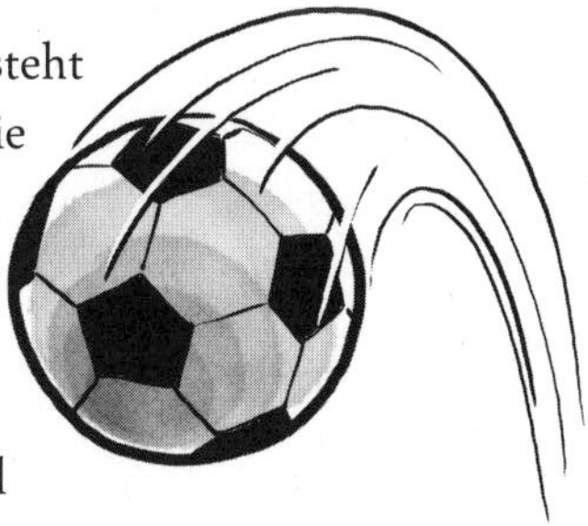

Kurz vor dem Ende nagelst du den Ball zum 4:3 unter die Latte, doch quasi im Gegenzug gelingt euren Gegnern erneut der Ausgleich.
Dann kommt die letzte Spielminute. Igor dribbelt zum gegnerischen Tor, legt rüber zu dir, du spielst einen feinen Doppelpass mit deinem Freund und Igor schlenzt das Ding in den Winkel! 5:4 – was für ein Spiel!
Kurz darauf ist Feierabend. Ihr habt gewonnen! Alle freuen sich mit Igor und dir, auch eure Gegner.
Alle? Nein, das stimmt nicht so ganz. Die beiden Herren in den feinen Anzügen sind nicht begeistert. Aber wen kümmert das?

Ende

Nur einer der beiden Gangster hat eine Pistole. Wenn du ihm seine Waffe entwinden kannst, hast du gewonnen!
Jetzt treiben euch die Gangster zurück zu dem Skelett. Unterwegs tust du so, als wäre dein Schnürsenkel offen, und bückst dich.
Sofort brüllt dich der Kerl mit der Waffe an.
Du wirbelst herum, springst ihn an und schlägst ihm die Waffe aus der Hand.
Doch da ist dummerweise auch noch der andere Gangster. Auch wenn er keine Pistole hat, so hat er immer noch seine Fäuste.
Zack, bumm, bäng – er deckt dich mit einem Hagel aus Schlägen ein. Du taumelst rückwärts und fällst in das Moor.
Verzweifelt versuchst du herauszukommen, aber du schaffst es nicht …

Ende

Die Spur führt durch einen düsteren Flur zu einer Treppe, die nach oben, aber auch in den Keller führt.
Unten im Keller bemerkst du einen hellen Lichtschein. Dann dringen seltsame Geräusche an deine Ohren. Es klingt wie ein irres Kichern. Dein Puls beschleunigt sich. Wer ist das, was geht hier vor?

**Wenn du in den Keller gehst,
lies weiter auf Seite** 84

**Wenn du lieber ganz schnell
das Gebäude verlässt,
lies weiter auf Seite** 114

Ihr wollt zu Wladimirs Haus zurücklaufen, weil es dort Handyempfang gibt und ihr telefonieren könnt. Doch ihr kommt nicht weit.
Zwei Männer stellen sich euch in den Weg. Einer der beiden hat eine Pistole. Vor Schreck hätte Edgar fast die Kamera fallen lassen.
„Was wollt ihr?", fragt Edgar auf Russisch.
Die Kerle antworten ihm, und Edgar gibt dir kurz darauf eine Zusammenfassung: „Die Typen gehören zu einer Verbrecherbande, die sich auf den Handel mit Skeletten spezialisiert hat. Für die alten Knochen wird, wie wir ja wissen, viel Geld bezahlt. Die Bande ist immer auf der Suche nach frischer Ware, wie sie es nennen. Die Kerle haben sich gerade dafür bedankt, dass wir sie zu so einem Prachtexemplar geführt haben …"
„Und was wollen sie jetzt noch von uns?", fragst du.
„Wir sollen das Skelett für sie ganz freilegen. Dann wollen die Typen es mitnehmen und verkaufen."
Du hast ein mulmiges Gefühl. „Und was geschieht danach mit uns?"
„Das haben sie mir nicht verraten", antwortet Edgar.
Bestimmt wollen die uns ausschalten, damit es keine Zeugen gibt, denkst du.

**Wenn du versuchst,
die Gangster auszutricksen und zu überwältigen,
lies weiter auf Seite 22**

**Wenn du erst mal das tust,
was die Schurken von euch wollen,
lies weiter auf Seite 46**

Du verzögerst etwas beim Anlauf und täuschst einen Schuss nach links an. Prompt springt der Torwart genau in diese Ecke! Und jetzt chipst du den Ball ganz lässig in die Mitte.
Etwas zu lässig.
Denn der Torwart reißt sein rechtes Bein artistisch nach oben und kann den Ball mit der Fußspitze ablenken. Er prallt unter die Latte und von dort zurück aufs Feld.
O nein! Du hast es vermasselt!
Tja, ein arroganter Lupfer, der den Torwart lächerlich macht, ist meistens keine gute Idee. Vor allem dann nicht, wenn es der entscheidende Elfer ist.

Ende

Du schaust nach und bekommst einen Mordsschreck: Da ist ein Wolf! Und er ist nicht allein. Ein ganzes Rudel hat dich eingekreist und kommt knurrend näher.
Und jetzt? Sollst du wegrennen? Quatsch, die Tiere sind garantiert viel schneller als du!
Hilfe! Als der erste Wolf dich anspringen will, packst du den untersten Ast eines Baumes und ziehst dich daran hoch.
Puh, das war im letzten Moment. Behände kletterst du weiter nach oben und setzt dich in eine stabile Astgabel.
Haha!, denkst du dir. Jetzt bist du in Sicherheit.
Stimmt, aber wie lange?
Die Wölfe legen sich einfach unter den Baum und warten ab. Sie scheinen zu hoffen, dass du – ihr Futter – irgendwann wieder runterkommst.
Deine Freude verfliegt. Du denkst scharf nach, wie du entkommen kannst. Dabei bekommst du Hunger. Dir fällt ein, dass du in deiner Jacke noch einen Schokoriegel hast. Du schälst ihn aus dem Papier und willst schon hineinbeißen, als du innehältst. Die Wölfe haben garantiert auch Hunger und vielleicht kannst du sie mit dem Riegel von dir weglocken! Aber sind die Tiere wirklich so leicht zu überlisten?

Wenn du den Riegel lieber selbst isst und darauf hoffst, dass die Wölfe irgendwann aufgeben und verschwinden, lies weiter auf Seite 68

Wenn du den Schokoriegel ganz weit wegwirfst, lies weiter auf Seite 89

Nein, du bist hier, um guten Sport zu erleben. Du suchst dir einen Platz auf der Tribüne. Dann geht es auch schon los. Die ersten beiden Teams bieten wirklich klasse Fußball. Das Publikum ist begeistert, die Stimmung bestens.
Wenig später sind auch Igor und Dimitri dran. Kurz vor dem Ende des Spiels führen sie mit 4:2. Doch da geschieht es: Dimitri knickt um. Er schreit auf und bleibt auf dem Boden liegen. Die anderen drei Spieler und der Schiri kümmern sich sofort um ihn. Doch Dimitri kann nicht weiterspielen und humpelt vom Feld. Das Spiel wird für die Gegner gewertet.
Du flitzt von der Tribüne zu Igor und Dimitri.
„Ich lasse mich zum Röntgen ins Krankenhaus bringen", sagt Dimitri.
„Soll ich dich fahren?", fragt Igor.
„Nein, mein Bruder ist auch hier. Der macht das schon. Ich melde mich bei dir", sagt Dimitri und verabschiedet sich.
„Armer Dimitri, was für ein Pech", sagt Igor betrübt. „Er hat sich so auf das Turnier gefreut. Und jetzt das …" Plötzlich blickt er dich an: „Sag mal, du kannst doch auch gut kicken. Springst du für Dimitri ein und spielst mit mir zusammen das Turnier? Die Regeln lassen das zu. Pro Team darf ein Spieler ausgetauscht werden …"

Wenn du mitspielst,
lies weiter auf Seite **39**

Wenn du lieber nicht spielst,
weil du Angst vor einer Verletzung hast
und deinen Reporterjob nicht riskieren willst,
lies weiter auf Seite **107**

Du reißt das Messer vom Tablett und richtest es auf den Mistkerl.
„Wenn du nicht das tust, was ich dir sage, steche ich zu!“, fauchst du ihn an. „Also: Her mit deiner Waffe!“
Doch der Mann schaut dich nur mit einem müden, fast mitleidigen Lächeln an. Du fuchtelst ein wenig mit dem Messer vor seiner Nase herum, um ihn einzuschüchtern. Doch das misslingt völlig.
Der Kerl verpasst dir eine Ohrfeige, nimmt dir mühelos das Messer weg und verschwindet samt Essen aus deinem Verlies.
In den nächsten Tagen bekommst du gar nichts mehr zu essen, sondern nur etwas zu trinken.
Nach vier Tagen Zwangsdiät wirst du endlich freigelassen, weil deine Verwandten das geforderte Lösegeld aufgebracht haben.
Du hast ein paar Kilo verloren, aber nicht das Leben …

Ende

Als ihr den Raum verlasst, geht plötzlich das Licht aus.
„Was ist denn das?“, ruft Smirnow verärgert.
„Vielleicht ist eine Sicherung herausgeflogen“, sagst du und schaust dich um. Über einer Tür schimmert ein schwaches grünliches Licht, das vermutlich den Notausgang beziehungsweise den Fluchtweg markiert.
In dieser Sekunde huschen drei Schatten auf euch zu. Dir stockt der Atem, als du im schwachen Licht erkennst, dass die Typen mit Pistolen bewaffnet sind.

Wenn du abwartest,
lies weiter auf Seite **44**

Wenn du wegrennst,
lies weiter auf Seite **88**

Du kommst hinter dem Regal hervor und sprichst die Männer auf Englisch an.
Die Herrschaften verstehen dich, sind jedoch alles andere als begeistert, dich hier zu sehen.
Sie machen dir klar, dass sie im Auftrag eines großen Verbrechersyndikats arbeiten. Sie haben sich auf den Handel mit urzeitlichen Knochen spezialisiert, die hier in diesem Labor sortiert, konserviert und für den Versand fertig gemacht werden.
Tja, und Zeugen kann das Syndikat nicht brauchen. Schon gar nicht einen neugierigen Reporter wie dich.
Dir wird klar, dass du einen furchtbaren Fehler gemacht hast …

Ende

Dreißig Sekunden später ruckt der Wagen an und beschleunigt. Weiter geht die Fahrt. Aber nicht mit dir! Denn du reißt die Tür auf und lässt dich aus dem Auto fallen! Der Aufprall ist hart, doch du bist ein guter Sportler und kannst dich geschickt abrollen – trotz der Augenbinde. Die reißt du dir herunter und siehst auf der mehrspurigen Hauptverkehrsstraße …

… einen Lkw auf dich zudonnern! Nein!!!

Im letzten Moment springst du zur Seite und der Lkw rumpelt dicht an dir vorbei. Dann bremst der Fahrer.

Und die Gangster?

Die haben ebenfalls gestoppt und kommen mit gezückten Waffen auf dich zu.

Doch da springt der Lkw-Fahrer aus seiner Kabine. Er hat das Handy am Ohr.

Die Gangster kehren um, springen in ihren Wagen und geben Gas. Offenbar sind ihnen hier zu viele Zeugen.

Mit der Hilfe des netten Lkw-Fahrers rufst du die Polizei, die nach den Tätern fahndet.

Doch die entkommen leider. Aber immerhin bist du aus der Sache noch einigermaßen gut rausgekommen!

Ende

Wladimir rät davon ab, aber du hörst nicht auf ihn. Ihr besorgt euch Spaten und Schaufeln und legt los.
Dafür müsst ihr vorsichtig neben den sichtbaren Skelettteilen graben. Du steigst mit Edgar in die Senke – doch was ist das? Ihr sackt regelrecht ein! Verdammt!
Du willst wieder raus, doch du steckst bereits zu tief im moorigen Boden. Auch Wladimirs verzweifelte Versuche, euch zu helfen, sind vergeblich. Langsam sinkst du tiefer und immer tiefer. Das Moor gibt schmatzende Geräusche von sich, während es dich und Edgar ganz langsam verschlingt …

Ende

Hier stimmt doch etwas nicht! Du teilst Edgar deine Zweifel mit. Ihr seid euch beide einig, dass es besser ist, wenn ihr umkehrt.

Wladimir kann das gar nicht verstehen. Und er kann es auch nicht verstehen, dass du das Geld zurückhaben willst. Er sagt, dass er euch zum Mammutskelett geführt hätte, ihr es aber nicht mehr gewollt habt. Er denkt gar nicht daran, dir die Rubel wiederzugeben.

Tja, das war wohl ein Schlag ins Wasser. Denn ihr habt weder das Mammut, noch habt ihr jetzt allzu viel Geld übrig.

Unverrichteter Dinge kehrt ihr ins Hotel zurück. Müller, euer Chef, ist alles andere als begeistert und beordert euch nach Hause zurück.

In Zukunft darfst du den Kopierer im Büro bedienen. Aber große Reportagen sind für dich tabu!

Ende

Der Weg schlängelt sich durch den Wald. Dicht an dicht stehen die Stämme. Es ist düster und kalt.
Wo ist das Haus?
Nach einem halben Kilometer bist du dir sicher, dass du den falschen Weg gewählt hast, und willst umdrehen.
In diesem Moment vernimmst du ganz in der Nähe ein Rascheln. Was war das? Du schaust dich um. In einem Gebüsch ganz in der Nähe bewegt sich etwas.
Deine Nackenhaare stellen sich auf. Ist das irgendein Tier?

**Wenn du nachsiehst,
lies weiter auf Seite** 26

**Wenn du jetzt einfach umdrehst,
lies weiter auf Seite** 105

Die Burger-Zwillinge gewinnen auch das nächste Spiel ganz glatt. Prima, denkst du. Aber noch hast du nichts davon. Erst wenn die beiden das Turnier gewinnen, werden Nadja und du einen fetten Gewinn einstreichen können.
Also drückst du Oleg und Alexej kräftig die Daumen. In ihrem dritten Spiel schalten sie auch das Duo aus, das als der Favorit für den Turniersieg galt. Auf diese beiden Spieler haben natürlich viele Fans in der Halle jede Menge Rubel gesetzt. Entsprechend groß ist bei einigen die Enttäuschung.
Schließlich gewinnen die Burger-Zwillinge auch das Halbfinale und stehen damit im Endspiel. Du bist dir ziemlich sicher, dass sie auch das Finale gewinnen werden.
In der Pause vor dem großen Spektakel ziehen sich Oleg und Alexej in einen Winkel der riesigen Halle zurück und futtern etwas. Du gehst zu ihnen, um sie näher kennenzulernen. Sie sprechen recht gut Englisch. Außerdem sind sie sehr freundlich. Doch da kommt ein Typ auf sie zu und schnauzt sie auf Russisch rüde an. Die Zwillinge wirken plötzlich sehr eingeschüchtert. Sie sagen dir, dass du jetzt besser gehst.
Als der Typ weg ist, erfährst du, dass der Mann Pjotr heißt und den Zwillingen Druck macht. Sie sollen gefälligst das Finale verlieren, weil der Typ und seine Freunde auf den Sieg der anderen Mannschaft gesetzt haben. Wenn Oleg und Alexej nicht gehorchen, will man ihnen etwas antun.

**Wenn du die Zwillinge verteidigst,
lies weiter auf Seite** 53

**Wenn du dich lieber verkrümelst,
um die Polizei zu holen,
lies weiter auf Seite** 87

10.000 Rubel … puh! Aber du hast etwas mehr als diese Summe dabei. Du hältst das Geld unter Nadjas hübsche Nase und willst wissen, welchen tollen Tipp sie hat.
Sie lächelt auf ihre unnachahmliche Art und deutet auf zwei pummelige Typen. „Das sind die Zwillinge Oleg und Alexej. Wir nennen sie nur die Burger-Zwillinge. Sie werden das Finale erreichen und es gewinnen."
„Was, ausgerechnet die beiden?", fragst du ungläubig.
„Ja, die Burger-Zwillinge sind natürlich Außenseiter. Aber das ist gut so, denn deshalb sind die Quoten sehr hoch. Wer auf die beiden setzt, wird besonders viel Geld einstreichen."
Die beiden dicklichen Typen werden doch niemals das Turnier gewinnen, denkst du dir. Es sei denn, man hilft nach … vielleicht, indem man die Schiris besticht. Oder den Gegnern Geld gibt, damit sie absichtlich verlieren. Oje, das wäre ja total unsportlich! Aber geht es hier um Fußball – oder einfach nur um Kohle?

Wenn du das vermutlich miese Spiel mitmachst, lies weiter auf Seite **40**

Wenn du die Polizei einschalten willst, lies weiter auf Seite **86**

„Fang!“, rufst du und wirfst dem verdutzten Händler den Pokal zu.

Reflexartig greift der Mann zu. Sehr schön, denn jetzt hat er keine Hand mehr frei, um Rache für sein Gemüse zu nehmen und dich zu verprügeln.

Du schnappst dir eine noch nicht von dir zerstörte Tomate und feuerst sie dem heranstürmenden Museumsboss Smirnow mitten auf die Stirn. Es folgen eine Gurke und eine große, besonders saftige Melone, die du dir von einem anderen Stand schnappst und als Wurfgeschoss zweckentfremdest.

Zack, bumm, bäng – was für eine hübsche Sauerei! Smirnow sieht ziemlich seltsam aus. Über sein Gesicht läuft ein wahrer Obst- und Gemüsecocktail. Er wehrt sich mit einer anderen Tomate. Du duckst dich und der Händler bekommt sie auf sein weißes Hemd.

Wutentbrannt setzt er den wertvollen Pokal ab und stürzt sich nun auf Smirnow. Kurz darauf gibt es ein wüstes Handgemenge. Zwei zufällig vorbeikommende Streifenpolizisten beenden das Ganze – was dir sehr entgegenkommt. Denn nun kannst du alles aufklären!

Dr. Smirnow wird verhaftet, der Pokal sichergestellt.

Und der Gemüsehändler? Der ist überhaupt nicht mehr sauer auf dich, weil er ein glühender Fan von Spartak Moskau ist und du den Pokal gerettet hast!

Ende

Yes! Fußball ist schließlich dein Ding! Nur zu gern bist du dabei. Doch du hast erst einmal ein ganz praktisches Problem: Du hast keine Sportklamotten dabei!
Aber die anderen Spieler helfen dir und leihen dir passende Sachen.
Kurz darauf hast du dein erstes Match an der Seite von Igor. Bei euren Gegnern handelt es sich um einen schlaksigen Typ und ein kleines Kraftpaket. Beide können prima mit der Murmel umgehen, stellst du fest, als die beiden sich vom Anstoß weg mit zwei Doppelpässen in eure Hälfte kombinieren und die Kugel nach dreißig Sekunden in eurem Netz zappelt. Jubel auf den Rängen! 1:0 für die Gegner, das geht ja gut los …
Igor klatscht in die Hände. „Komm, Ben!"
Du hast den Ball. Der Kleine kommt dir entgegen. Du schaust zu Igor, der im Moment frei ist. Noch …

Wenn du ihn anspielst, lies weiter auf Seite **56**

Wenn du deinen Gegner mit einem Trick narren willst, lies weiter auf Seite **90**

Okay, du wirfst deine gesamten Prinzipien über Bord und bist dabei. Nadja streicht dein Geld ein und gibt dir eine Art Beleg. Na, jetzt bist du aber mal gespannt.
Kurz darauf sind die beiden Pummelchen dran. Sie müssen gegen zwei durchtrainiert wirkende Typen antreten, die schon vor dem Spiel ein paar Tricks zeigen, um das Publikum heißzumachen.
Die Zuschauer sind begeistert von den beiden, doch für Oleg und Alexej haben sie nur Hohn und Spott übrig. Die Burger-Zwillinge werden von vielen ausgelacht.
Doch das Lachen vergeht den Spöttern sehr schnell. Vielleicht sind Oleg und Alexej nicht unbedingt die schnellsten Spieler, aber sie verfügen über eine überragende Technik. Außerdem sind sie perfekt aufeinander eingespielt.
Sie hauen ihren Gegnern nach allen Regeln der Kunst die Kiste voll. 6:1 steht es am Ende – und alles ohne Betrug.
Oder? Für einen Moment kommen dir Zweifel. Haben die durchtrainierten Typen absichtlich verloren?
Nein, das Gefühl hattest du nicht.
Nadja läuft an dir vorbei und flüstert dir zu: „Na, habe ich es dir nicht gesagt? Die Burger-Zwillinge sind der Hammer."

Lies weiter auf Seite 36

Zack! Voll drauf! Die Bremsen kreischen, der Wagen gerät ins Schlingern! Smirnow fliegt, wie von dir beabsichtigt, nach vorn, doch er kann sich an der Rücklehne deines Sitzes festhalten.
„Idiot!“, schreit er dich an, als der Wagen steht.
Bäng! In dieser Sekunde rauscht euch ein anderes Auto ins Heck. Schon taucht dessen Fahrer neben dir auf und brüllt dich auf Russisch an.
Du hebst nur die Schultern und schaust zu Smirnow. Der wirft seine Jacke über den wertvollen Pokal und steigt aus. Dann rennt er mit der Beute und der Pistole weg.

**Wenn du ihn verfolgst,
lies weiter auf Seite 48**

**Wenn du ihn laufen lässt
und auf die Polizei wartest,
lies weiter auf Seite 77**

O Mann, zum ersten Mal hast du eine Schusswaffe in den Händen. Damit zielst du auf den Angreifer. Dein rechter Zeigefinger berührt schon den Abzugshahn.
Und jetzt? Nein, das kannst du nicht! Niemals wirst du auf einen anderen Menschen schießen.
Also richtest du den Lauf der Waffe nach oben und feuerst einen Warnschuss ab.
Das funktioniert! Der andere Türsteher wirft sich zu Boden. Dann krabbelt er wie ein Baby zurück.
Super! Jetzt hast du genug Zeit, abzuhauen!
Dir gelingt die Flucht. Unterwegs wirfst du die blöde Waffe in einen Fluss! Das Ding richtet keinen Schaden mehr an.

Ende

Eine Taschenlampe blitzt auf und blendet dich.
„Keine Bewegung", erklingt ein Kommando.
Du gehorchst. Auch Smirnow pariert. Die Männer umringen euch und nehmen euch die Handys ab. Dabei siehst du, dass die Kerle maskiert sind. Einer bewacht euch mit vorgehaltener Pistole. Die anderen beiden stürmen in den Raum mit dem Pokal. Es ertönt ein hässliches Krachen und Splittern. Sekunden später kommen die Maskierten wieder. Sie haben den wertvollen Pokal dabei!
Jetzt stoßen die Täter euch in eine Abstellkammer, schließen sie ab und fliehen.
Du schaust dich um. Die Tür scheint nicht allzu stabil zu sein. Du bist durchtrainiert und könntest sie vielleicht einschlagen, um die Polizei zu benachrichtigen.
Über euch ist in der Decke ein Gitter.
„Dort ist ein Schacht für Kabel und die Klimaanlage", sagt Smirnow, als er deinen fragenden Blick bemerkt.

**Wenn du versuchst, die Tür einzutreten,
lies weiter auf Seite** 62

**Wenn du versuchst,
durch den Schacht zu entkommen,
lies weiter auf Seite** 111

Du bleibst mit Edgar in Anadyr, während Thomas und Willi nach Moskau jetten.
Von Müller habt ihr die Adresse von Wladimir bekommen, der angeblich das Mammutskelett gefunden hat.
Wladimir wohnt in einem winzigen Nest fünfzig Kilometer entfernt von Anadyr.
Ihr leiht euch einen Jeep und fahrt über eine holprige Piste zu diesem Dorf. Draußen herrschen kühle acht Grad.
In dem Dorf stöbert ihr tatsächlich diesen Wladimir auf. Wladimir ist ein zaundürrer Typ mit großen Zahnlücken und einem scheinbar freundlichen Wesen. Er kann weder Deutsch noch Englisch. Aber zum Glück hast du ja Edgar dabei.

Wladimir sagt, dass er euch zu dem Skelett führen kann.
„Aber dafür will er 50.000 Rubel haben“, übersetzt Edgar.
Was? Im Kopf überschlägst du schnell, dass das über 800 Euro sind. Ist Wladimir wahnsinnig?
Du bittest Edgar, diesen Kerl runterzuhandeln. Edgar versucht es, doch Wladimir bleibt stur.

Wenn du ihm die 50.000 Rubel gibst,
lies weiter auf Seite **17**

Wenn du nicht bezahlen willst, sondern dich lieber im Ort umhörst, ob nicht jemand anderes auch das Skelett gesehen hat,
lies weiter auf Seite **91**

Die Kerle treiben euch zurück zur Fundstelle und zwingen euch, das Mammut freizulegen. Auch Wladimir muss mit anpacken.
Die Arbeit ist hart und gefährlich. Immer wieder rutschst du auf dem morastigen Boden aus und drohst zu versinken. Nach kurzer Zeit bist du voller Schlamm.
Die Verbrecher schauen euch zu und lachen, wenn du mal wieder im Dreck landest.
Allmählich packt dich eine unglaubliche Wut. Diese verdammten Mistkerle!
Außerdem seid ihr gezwungen, absolut dilettantisch vorzugehen: Auf Anweisung der Gangster werft ihr die Knochen einfach auf einen Haufen. Das geht doch gar nicht!
Vermutlich wird irgendein Experte die Knochen später richtig zusammensetzen. Jetzt geht es den Tätern erst einmal darum, die Knochen zu bergen, ohne einen Finger krumm zu machen.
Als der Job erledigt ist, rumpelt ein Traktor mit Anhänger heran. Nun müsst ihr die Knochen auf den Anhänger wuchten. Dann machen euch die Gangster klar: Einer von euch wird als Geisel mitfahren. Sollten die anderen beiden auf die Idee kommen, die Polizei einzuschalten, wird die Geisel das büßen.
„Freiwillige vor!“, rufen die Gangster lachend.

Wenn du dich als Geisel zur Verfügung stellst, lies weiter auf Seite 64

Wenn du hoffst, dass Wladimir oder Edgar sich freiwillig melden, lies weiter auf Seite 70

Das kann ja nicht allzu weit sein, glaubst du und marschierst los. Ganz schön kalt ist es, stellst du bald fest. Wie gut, dass du warme Klamotten trägst.
Beim Laufen stellst du dir vor, wie es wohl wäre, in dieser Ecke der Welt zu leben. Diese Einsamkeit, diese Weite … Das hat sicher seinen Reiz, aber du hast schon lieber eine Stadt in der Nähe. Außerdem magst du es gerne warm. Und hier in Sibirien ist es nun mal meistens kalt, sogar im Sommer. Ein schönes Fußballstadion hast du hier auch noch nicht gesehen, noch nicht einmal einen Bolzplatz!
Nach ein paar Hundert Metern gelangst du zu einer Weggabelung. Der eine Pfad führt in einen Wald, der andere aufs offene Feld. In einiger Entfernung stehen zwei Gebäude. Bei einem der Häuser ist allerdings das Dach eingestürzt.
Hm, und jetzt? Welchem Weg sollst du folgen?

Wenn du in den Wald läufst,
lies weiter auf Seite **35**

Wenn du zu den Häusern gehst,
lies weiter auf Seite **71**

Smirnow hastet zu einem Mann, der mit seinem Motorrad samt Beiwagen vor einer Ampel steht. Er legt den Pokal in den leeren Beiwagen und bedroht den Fahrer mit einer Pistole.
Du beobachtest, wie der Motorradbesitzer kreidebleich die Flucht ergreift, während Smirnow sich auf die Maschine schwingt. Gleich wird er mit der Beute entkommen!

Wenn du dich wegen der Pistole lieber fernhältst, lies weiter auf Seite **60**

Wenn du dich in den Beiwagen wirfst, um Smirnow nicht entkommen zu lassen, lies weiter auf Seite **98**

Mit der Knarre in der Hand schlüpfst du aus deinem Gefängnis. Nun befindest du dich in einem Gang. Wo ist der Ausgang? Als man dich hierherbrachte, musstest du eine Augenbinde tragen. …
Aufs Geratewohl schleichst du den Gang hinunter. Am Ende des Korridors ist eine Stahltür. Die wird bestimmt nach draußen führen, hoffst du.
Jetzt kommst du an einem Fenster vorbei und siehst hinaus. Dort steht ein Lieferwagen mit laufendem Motor. Zwei Typen laden gerade Kisten ab und tragen sie in einen Schuppen.
Hm, das sind bestimmt neue Mammutknochen, überlegst du. Während du noch darüber nachdenkst, hast du eine wunderbare Idee: Der Motor des Wagens läuft. Ob du mit der Karre entkommen kannst?
Als du das Fenster öffnen willst, vernimmst du Stimmen. Sie kommen aus einem Raum schräg hinter dir. Und wenn dich nicht alles täuscht, ist dort auch die Stimme von diesem miesen Typ Mischa zu hören … Wut steigt in dir auf. Du hast eine Waffe und könntest mit dem Kerl abrechnen – ihn überwältigen und der Polizei ausliefern!

**Wenn du es wagst, Mischa und seinen Kumpanen gegenüberzutreten,
lies weiter auf Seite 83**

**Wenn du lieber versuchst,
den Lieferwagen zu stehlen,
lies weiter auf Seite 115**

Mit einem mulmigen Gefühl folgst du der Spur und gelangst zum Hintereingang des verfallenen Hauses.
Die Tür steht halb offen.
Wohnt hier wirklich jemand? Du bückst dich und schaust dir das Blut genauer an. Es scheint recht frisch zu sein …
Also ist vermutlich tatsächlich jemand in dem Gebäude. Braucht der Unbekannte vielleicht Hilfe?
„Hallo?“, rufst du durch die Tür in das Haus hinein.
Keine Antwort.

**Wenn du das Haus betrittst,
lies weiter auf Seite** **23**

**Wenn du lieber draußen bleibst,
lies weiter auf Seite** **66**

Du jagst los, deine Füße trommeln über den Hallenboden.
Und ja, du bist ein sehr guter Sprinter, bist schon immer einer der schnellsten in deinem Fußballteam gewesen.
Doch Pjotr ist auch nicht gerade langsam und hat durch seine Schummelei einen Vorsprung.
Folglich ist er leider doch als Erster am Ball.
Du fliegst heran, um ihm die Murmel abzunehmen, doch Pjotr lässt dich aussteigen und flitzt mit dem Ball am Fuß auf dein Tor zu!
Er hat keine große Mühe, das leere Tor zu treffen …

Ende

Der Museumsboss dirigiert dich zu einem Auto am Hintereingang und zwingt dich, den schönen Pokal auf die Rückbank zu legen.
Auf einmal ist es mit seiner Höflichkeit vorbei und er duzt dich. „Du fährst!", befiehlt er und steigt hinten ein. Die Pistole ist nach wie vor auf dich gerichtet. „Los geht's!"
Was bleibt dir anderes übrig, als zu gehorchen? Autofahren kannst du, das hast du oft genug zu Hause auf abgelegenen Feldwegen geübt. Einen Führerschein hast du natürlich noch nicht, aber Smirnow macht nicht gerade den Eindruck, als ob er sich mit dir auf eine Diskussion über irgendwelche amtlichen Dokumente einlassen würde.
Er befiehlt, dass du das Auto über den Fluss Moskwa steuerst. Ihr erreicht den Gagarinsky-Distrikt und fahrt weiter über die Leninstraße in Richtung Westen.
„Wohin geht die Reise?", willst du wissen.
„Das geht dich nichts an. Fahr einfach!", schnauzt Smirnow dich an.
Wütend schaust du in den Rückspiegel. Der Museumsleiter, der eigentlich ein mieser Dieb ist, lächelt geringschätzig. So ein Mistkerl!
Doch halt, dir fällt etwas auf! Smirnow ist im Gegensatz zu dir nicht angeschnallt.
Was wäre, wenn du eine Vollbremsung machst? Oder einen Unfall provozierst?

**Wenn du voll auf die Bremse trittst,
lies weiter auf Seite** 42

**Wenn dich für einen Unfall entscheidest,
lies weiter auf Seite** 104

Dich packt eine kalte Wut. Was sind denn das für miese Typen? Ohne groß nachzudenken, läufst du zu Pjotr. Der ist jedoch nicht allein, sondern von einer Gruppe muskulöser Typen umgeben.

„Lasst Oleg und Alexej in Ruhe", verlangst du.

„Halt dich da raus und hau ab", lautet die Antwort. „Oder sollen wir dir alle Knochen brechen?"

„Wow, bist du mutig. Aber nur in der Gruppe. Du allein bist offenbar zu feige", provozierst du ihn.

„Du willst einen Kampf?", fragt einer der Muskeltypen lauernd. „Mann gegen Mann?"

„Ja, aber nicht mit den Fäusten", antwortest du.

„Weichei", lacht Pjotr. „Du bist kein Mann, du bist ein Witz. Aber okay, lass es uns anders regeln – mit einem Ball. Doch wenn ich gewinne, mache ich mit den Zwillingen, was ich will, und außerdem gibst du mir alles Geld, das du bei dir hast."

Wenn du dich auf das Duell einlässt,
lies weiter auf Seite **12**

Wenn du lieber einen Rückzieher machst,
lies weiter auf Seite **101**

Eine halbe Stunde später stoppt der Wagen endgültig. Man zerrt dich heraus und schubst dich in irgendeinen Raum. Dort nimmt man dir die Augenbinde ab. Du blinzelst ins Licht.
Vor dir sitzt ein untersetzter Typ mit Glatze und unzähligen Tattoos. Er heißt Mischa und prahlt damit, dass er hier der Boss ist.
„Eigentlich handeln wir in großem Stil mit Fossilien aller Art", erklärt er dir in perfektem Deutsch. „Aber heute machen wir mal eine Ausnahme."
Du schweigst, wartest ab.
„Wir werden mit einem Menschen handeln, nämlich mit dir", erklärt Mischa. „Ich bin mal gespannt, was du deinen Angehörigen wert bist."
Dann sperrt man dich in einen düsteren Raum.
Du bist entsetzt, denn insgeheim hattest du gehofft, dass man dich freilassen würde, sobald die Mammutknochen an ihrem Zielort sind. Und jetzt das! Du bist ein Entführungsopfer …
Kurz darauf bringt einer der Gangster dir etwas zu essen. Immerhin. Auf dem Tablett liegt auch Besteck. Ein Messer …

Wenn du versuchst, den Gangster mit dem Messer zu überwältigen, lies weiter auf Seite **29**

Wenn du nicht zum Messer greifst, lies weiter auf Seite **97**

Was für ein schlampiger Pass, was für eine Gurke von dir! Du triffst den Ball nicht richtig und er kullert auf Igor zu. Der Schlaksige spritzt dazwischen und fängt dein mieses Zuspiel ab.

O nein, wieso muss dir das ausgerechnet jetzt passieren!

Du hechelst dem Gegner hinterher, doch der hat keine große Mühe, zum 2:0 einzunetzen.

Igor versucht dich aufzumuntern, was du ihm hoch anrechnest. Er hätte auch total sauer sein können.

Wieder habt ihr Anstoß. Nach deinem Fehlpass bist du jetzt ziemlich verunsichert. Hinzu kommt, dass du noch nie mit Igor zusammen gespielt hast. Und so kommt es, wie es kommen muss: Ihr lauft dem Rückstand hinterher und verliert das Spiel. Nach zwei Niederlagen ist laut Reglement für ein Team Schluss – also habt ihr jetzt bereits sehr früh Feierabend.

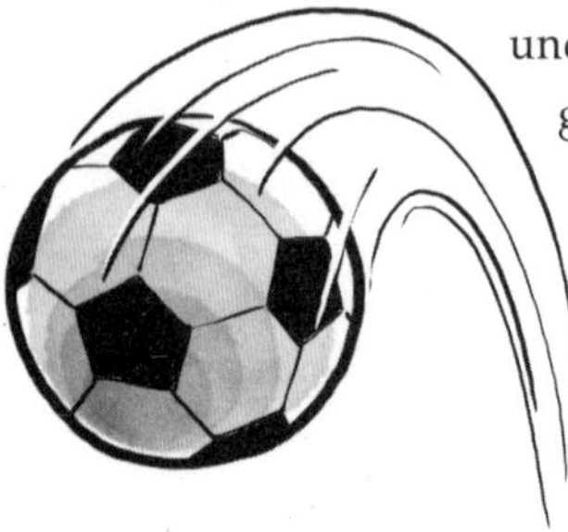

Und wer ist schuld, wer hat den schlampigen Pass gespielt?

Richtig, du warst es!

Ende

Okay, du bist ja eine coole Socke, oder? Du machst das schon …

Igor klopft dir aufmunternd auf die Schulter, als du dir den Ball zurechtlegst.

Jetzt schaust du zu dem Typ, der zwischen den Pfosten steht. Der wirkt ziemlich locker. Als Torwart kannst du beim Elfer ja nie etwas verlieren. Aber als Schütze schon …

Der Ball muss rein, sonst wird das nichts mit dem Finale!

Du nimmst nur zwei Schritte Anlauf.

Wenn du es mit einem eleganten Lupfer in die Mitte versuchst, lies weiter auf Seite 25

Wenn du lieber voll draufhaust, lies weiter auf Seite 92

Nur zum Schein gehst du darauf ein. In Wirklichkeit willst du diesen Mistkerl entwaffnen und dem bösen Spiel ein Ende bereiten. Nur wie?
Hinter deiner Stirn wirbeln die Gedanken.
Wie wäre es, wenn du stolperst und dabei den Pokal fallen lässt? Dann ist Smirnow bestimmt einen Moment abgelenkt … Oder sollst du diesem Smirnow den Pott einfach mal hübsch um die Ohren hauen?

Wenn du den Museumsboss mit dem Pokal angreifst, lies weiter auf Seite 8

Wenn du dich fallen lässt, lies weiter auf Seite 95

Aua, das war alles andere als eine sanfte Landung! Aber deine Knochen sind heil geblieben, immerhin!

Doch wo ist der Pokal? Bei deinem Crash in den Tomaten hast du ihn losgelassen – das gute Stück liegt zwischen Gurken und Kürbissen in der benachbarten Auslage.

Du willst dir den Pott schnappen, doch diese Idee stößt auf Widerstand.

Zum einen stürmt der kriminelle Museumsboss heran, um sich das zu holen, was seiner Meinung nach ihm gehört. Außerdem hat der Gemüsehändler noch eine Rechnung mit dir offen, nachdem du ihm seine wunderschönen Tomaten zermatscht hast.

Beide Männer wollen sich auf dich beziehungsweise den Pokal stürzen.

Wenn du den Pott verteidigst,
lies weiter auf Seite **38**

Wenn du dich einfach nur aus dem Staub machst,
lies weiter auf Seite **73**

Nein, jetzt ist Schluss. Das ist schließlich nicht dein Pokal! Also siehst du zu, wie sich der diebische Museumsleiter in den Verkehr einfädelt und mit dem Pokal entkommt.
Aber natürlich rufst du die Polizei. Doch bis die Beamten da sind, ist der Räuber über alle Berge.
Du musst eine Menge Fragen beantworten, doch schließlich kannst du wieder deinem Job nachgehen und packende Reportagen von der Fußballweltmeisterschaft liefern!
Dein Boss ist sehr zufrieden mit dir!

Ende

„Setz dich“, fordert dein Boss dich auf und faltet die Hände über seinem stattlichen Bauch.
„Klar“, sagst du ganz locker und lässt dich in einen der großen Besuchersessel fallen.
„Ben, ich habe einen Auftrag für dich …“, beginnt Müller.
„Da bin ich aber mal gespannt“, erwiderst du und denkst erleichtert: Prima, kein Ärger!
„Unterbrich mich nicht“, rügt der Boss. „Ich möchte, dass du mit einem Team nach Russland fliegst.“
Russland? Wie cool ist denn das? Am 14. Juni steigt das Eröffnungsspiel der WM in Moskau! Das ist in zwei Tagen.
Du ballst die Fäuste. „Klar, ich bin dabei und werde nur zu gerne über die Spiele berichten! Aber ich muss mich noch akkreditieren lassen – hoffentlich ist es dafür nicht zu spät.“
Müller schaut dich irritiert an. „Spiele? Welche Spiele? Ach, du meinst die WM …“
„Natürlich!“
Müller schüttelt den Kopf. „Nein, ein anderes Team ist bereits in Moskau. Du wirst nach Sibirien fliegen.“
„Wie bitte? Finden da etwa auch Spiele statt?“
Nun wird Müller allmählich ein wenig ungeduldig. „Spiele, Spiele, Spiele! Nein, Ben, nein! Du wirst nicht über die WM berichten!“
„Och, wie schade“, murmelst du enttäuscht. „Was soll ich denn um Gottes willen in Sibirien?“

Lies weiter auf Seite 9

Wieder und wieder trittst du gegen die Tür. Dann wirfst du dich auch noch mit der Schulter dagegen. Alles umsonst. Smirnow hält sich vornehm zurück.
Mann!, denkst du wütend. Der Museumsboss ist wirklich eine ganz große Hilfe!
Irgendwann gibst du erschöpft auf.
Am nächsten Morgen befreit euch eine Putzfrau aus eurem Gefängnis. Von dem wertvollen Pokal hörst und siehst du nie wieder etwas.

Ende

Frech stellst du deine Forderung auf Englisch. Die beiden freundlichen Männer sind plötzlich nicht mehr so freundlich und nennen dich geldgierig.
„Und ihr? Was seid ihr?", fragst du.
Da willigen die Kerle ein.
„Klappt doch", sagst du triumphierend zu Igor.
Doch dein Freund ist alles andere als begeistert. „Wie kannst du nur?", fragt er dich empört. „Was bist du nur für ein mieser Typ? Du darfst dich nicht bestechen lassen!"
„Doch, klar. Denn Kohle kann man schließlich immer gebrauchen, oder?"
Igor ist stinksauer. „Nicht mit mir. Ich bin raus."
Dann lässt er dich stehen und stapft aus der Halle.
Oje, mit wem sollst du jetzt das Finale spielen … äh … verlieren?
Mit niemandem, lautet die Antwort. Da euer Team nicht antritt, wird euer unterlegener Gegner aus dem Halbfinale nachnominiert. Und du schaust in die Röhre. Ganz ehrlich: Das geschieht dir recht!

Ende

Man bringt die Überreste des Mammuts und dich zu einer kleinen Privatmaschine, die auf dem winzigen Flughafen von Anadyr steht. Natürlich nimmt man dir dein Handy weg.
Schon hebt das Maschinchen ab.
„Wohin fliegen wir?“, fragst du, aber niemand gibt dir eine Antwort.
Viele Stunden später landet ihr in Moskau. Die Mammutteile kommen in einen Lieferwagen. Dich treiben die Gangster in einen Wagen mit abgedunkelten Scheiben. Man stülpt dir eine Augenbinde über, damit du nicht siehst, wohin die Fahrt geht.
O mein Gott, in was bist du hier nur geraten? Die Angst greift mit eiskalter Hand nach dir. Was werden die Kerle mit dir machen, wenn sie an ihrem Ziel angekommen sind? Wird man dich wirklich laufen lassen? Und wenn nicht …?
Unvermittelt stoppt das Auto, vielleicht vor einer roten Ampel. Deine Finger spüren den Türgriff …

Wenn du dich aus dem Auto fallen lässt,
wenn der Wagen wieder anfährt,
lies weiter auf Seite **32**

Wenn du das nicht riskierst,
lies weiter auf Seite **54**

66

Du kehrst um, denn das ist dir nicht geheuer.
Dann suchst du weiter und findest doch tatsächlich noch ein anderes Haus. Dort lebt eine sehr nette Familie, die dich erst einmal zu einer heißen Tasse Tee und einem riesigen Stück Kuchen einlädt.
Und es kommt noch besser: Diese Leute haben ebenfalls die Mammutknochen gesehen. Sie zeigen dir die Stelle und verlangen dafür keinen einzigen Rubel. Was bist du nur für ein Glückspilz!
Du holst deinen Kameramann Edgar und ihr dreht eine Reportage, die euch beide berühmt macht!
Gut gemacht!

Ende

Nein, lieber nicht! Wenn du die Waffe nimmst, drückt der andere Türsteher vielleicht ab. Und dieser Mistkerl kann bestimmt viel besser mit einer Pistole umgehen als du.
Also ergreifst du die Flucht und flitzt los. Jetzt kommt dir zugute, dass du als erfolgreicher Fußballer über eine sehr gute Kondition verfügst.
Der andere Türsteher ruft dir irgendetwas hinterher und feuert sogar einen Warnschuss ab, aber all das kann dich nicht stoppen.
Du entkommst und alarmierst die Polizei, die dem seltsamen Turnier ganz schnell ein Ende bereitet.
Und du? Du hast neben der WM-Berichterstattung auch gleich noch ein zweites spannendes Thema für deinen Sender!

Ende

Da kannst du lange warten, mein Lieber. Die Wölfe denken gar nicht daran, auf ihre heutige Hauptmahlzeit – also dich – zu verzichten und sich eine andere Beute zu suchen, die sie mühsam jagen müssen.
Nein, die klugen Jäger warten und warten und warten – und irgendwann bist du von Hunger, Durst und Müdigkeit so geschwächt, dass du den gierigen Wölfen quasi vor die Mäuler fällst.
Mahlzeit!

Ende

„Okay, wo findet das Turnier statt?", fragst du.
Igor nennt dir die Adresse. „Aber häng das nicht an die große Glocke, sonst haben wir die Polizei am Hals. Denn eigentlich müssten die Wettgewinne versteuert werden", mahnt Igor.
Klar, du hältst dich daran. Ein Taxifahrer bringt dich am Abend zu deinem Ziel. Du hast damit gerechnet, dass du zu irgendeinem abgelegenen Sportplatz sollst. Irrtum. Der Fahrer hält vor einer riesigen, düsteren und ziemlich verfallenen Fabrikhalle, vor der viele Autos stehen. Menschen strömen zu einem halb offenen Tor, vor dem zwei Typen postiert sind. Extrem laute Rockmusik dringt hinaus auf die mit Schlaglöchern übersäte Straße.
Zögernd gehst du hin. Die Türwächter sind beide zwei Meter groß und haben trotz der Dunkelheit Sonnenbrillen vor den Augen. Außerdem tragen sie gut sichtbar Schusswaffen.
Oje, denkst du. Was soll denn das für ein Turnier sein?

Wenn du lieber zurück ins Hotel willst, lies weiter auf Seite 16

Wenn du die Halle betrittst, lies weiter auf Seite 19

Wladimir stellt sich als Geisel zur Verfügung. Du atmest auf. Um sein Leben nicht zu gefährden, sagt ihr niemandem etwas – auch nicht Müller, eurem Chef. Ihr behauptet einfach, dass dessen Informant ein unzuverlässiger Typ sei, der sich an keine Verabredung hält, und dass ihr hofft, dass er euch in den nächsten Tagen zum Mammut führt.
Zwei Tage vergehen. Du und Edgar wartet im Hotel auf ein Lebenszeichen von Wladimir.
Endlich taucht er auf – und er ist unversehrt! Eure Freude ist riesig. Wladimir berichtet, dass das Skelett mit einem Kleinflugzeug nach Moskau gebracht worden ist. Er selbst sei an einem ihm unbekannten Ort so lange festgehalten worden. Danach habe man ihn freigelassen.
Ihr ladet Wladimir zu einem wahren Festessen ein. Dabei erzählt er euch augenzwinkernd noch eine Geschichte: Er weiß, wo ein weiteres Mammut liegt …
Wladimir hat nicht geflunkert. Bereits am nächsten Tag führt er euch zu der zweiten Fundstelle, und diesmal kommt euch niemand in die Quere. Es wird eine super Story!

Ende

Als du näher herankommst, erkennst du, dass alle Fenster verrammelt sind.
Mist, die Häuser sind bestimmt unbewohnt. Du zückst dein Handy, um Edgar über deinen Fehlschlag zu informieren.
Ach je, hier hast du immer noch keinen Handyempfang. Das hast du ja ganz vergessen …
Was ist das nur für ein komischer, erfolgloser Tag! Du drehst dich um und willst zu Edgar laufen.
Doch was ist das? Dein Magen krampft sich zusammen.
Da ist eine Blutspur! Sie führt an dem Haus mit dem eingestürzten Dach vorbei.

Wenn du der Blutspur folgst,
lies weiter auf Seite **50**

Wenn du ganz schnell zu Edgar rennst,
lies weiter auf Seite **102**

Erst tust du so, als würdest du dich abführen lassen. Doch urplötzlich schießt du herum und trittst dem Kerl die Beine weg. Mit einem Grunzen geht er zu Boden und greift zur Waffe. Doch du bist schneller und schickst ihn mit einem Kinnhaken ins Reich der Träume.
Jetzt aber nichts wie weg! Doch da rennt der zweite Türsteher heran – und zwar mit gezückter Waffe. Offenbar hat er gesehen, wie du seinen Kollegen überwältigt hast.

Wenn du dir die Waffe des anderen Kerls schnappst, um dich notfalls zu verteidigen, lies weiter auf Seite 43

Wenn du die Waffe lieber nicht anfasst, lies weiter auf Seite 67

Bloß weg! Du kippst den Stand um, sodass die schönen Waren vor die Füße der beiden Männer purzeln. Dann drehst du dich um und haust einfach ab.
Du warst schon immer ein guter Sprinter, und so haben deine Verfolger keine Chance.
Zwar hast du den Pokal nicht verteidigen können. Doch du bist heil aus der Sache herausgekommen.
Natürlich schaltest du die Polizei ein, aber der kriminelle Museumsleiter Dr. Smirnow und der wertvolle Pokal bleiben verschwunden …

Ende

Klar, du bist schon ein wenig traurig. Mann, wie cool wäre es gewesen, über die WM zu berichten!
Stattdessen sollst du in die sibirische Steppe …
Na ja, vielleicht wird das auch superspannend. Du hast dich ja schon immer für andere Länder und Kulturen interessiert. Und jetzt sollen in Sibirien wirklich Mammuts gefunden worden sein? Das könnte tatsächlich eine Hammerstory werden.
Du setzt dich mit den anderen dreien aus dem Team zusammen. Es handelt sich um den Tontechniker Willi und die beiden Kameramänner Edgar und Thomas. Edgar kann sogar Russisch. Sehr praktisch! Du wirst als Reporter vor der Kamera stehen. Zusammen recherchiert ihr im Internet, um euch auf den Trip ins kalte Sibirien vorzubereiten.
„Also: Mammuts sind eine ausgestorbene Gattung der Elefanten. Sie starben vor 4000 Jahren aus – und zwar in Nordsibirien", liest Willi vor, der einen Link im Internet ausgewertet hat.
„Dann sind wir dort ja genau richtig", sagst du.
„Ja", bestätigt Willi. „Hier steht auch, dass die Skelette sehr wertvoll sind – es gibt Sammler, die ganz scharf auf die alten Biester sind. So wurde 2016 ein Skelett, das aus 270 Knochen zusammengesetzt wurde, für 120.000 Euro versteigert!"
Jetzt interessiert dich die Sache noch mehr.
Dann bucht ihr online die Tickets und stellt die Ausrüstung zusammen.

Lies weiter auf Seite 11

Der Klügere gibt nach. Du lässt dich von dem Typ nach draußen bringen, rufst ein Taxi und fährst ins Hotel.
Immerhin ist die Sache glimpflich ausgegangen. Du konzentrierst dich ab sofort wieder nur auf deinen Job und lieferst zusammen mit deinem Kollegen Thomas erstklassige Berichte von der WM nach Deutschland.
Kameramann Thomas und du erhaltet von Müller nicht nur ein Sonderlob, sondern auch eine Sondervergütung. Aber was noch wichtiger ist: Dein zehnmonatiges Praktikum wird in eine feste Stelle umgewandelt. Was willst du mehr?

Ende

„Na klar“, erwiderst du und schaust fragend zu Igor. „Aber auf wen? Seid ihr die Favoriten?“
Igor schüttelt den Kopf. „Nein, eher nicht. Und jetzt muss ich mich warm machen. Bis später!“
Nun stellst du erneut deine Frage. Diesmal wendest du dich an Nadja: „Auf wen soll ich wetten?“
Sie lächelt. „Ich könnte dir einen super Tipp geben. Aber dieser Tipp ist nicht kostenlos.“
„Wie bitte?“

„Das funktioniert so: Ich verrate dir, wer das Turnier gewinnt, du setzt – sagen wir mal 10.000 Rubel – auf dieses Team und falls du gewinnst, bekomme ich die Hälfte des Gewinns.“
10.000? Im Kopf überschlägst du, wie viel Euro das sind. Etwa 160. Das ist verdammt viel Geld.
„Wie hoch wird der Gewinn denn sein?“, hakst du nach.
„Das kann das Zehnfache werden“, kündigt Nadja an.
Da stimmt doch was nicht, denkst du dir. Woher will Nadja wissen, wer gewinnt? Wird hier etwa betrogen?

Wenn du die 10.000 Rubel setzt,
lies weiter auf Seite **37**

Wenn dir das zu heiß ist,
lies weiter auf Seite **112**

Kurz darauf ist eine Streife vor Ort. Die Beamten hatten in der Nähe einen Unfall aufgenommen und daher nur eine Minute gebraucht.
Du erklärst ihnen stichpunktartig, was vorgefallen ist.
Die Polizisten springen in ihr Auto, um Smirnow zu jagen. Bevor sie starten, hast du dich auf die Rückbank gesetzt. Sie wollen dich rausschmeißen, doch du weigerst dich. Da die Beamten keine Zeit verlieren wollen, geben sie Gas.
Und du? Du zückst das Handy und filmst die wilde Jagd! Das könnte doch eine tolle Reportage werden!
Tatsächlich entdeckt ihr den dreisten Pokaldieb wenig später auf einem Bürgersteig.
Der Polizeiwagen bleibt mit quietschenden Reifen stehen. Smirnow wirbelt herum und sieht euch. Er rennt los.
Die Beamten springen mit gezückten Waffen aus dem Auto und ballern in die Luft, um den Dieb zum Aufgeben zu bewegen.
Doch der Museumsboss hetzt weiter und die Beamten verfolgen ihn. Kurz darauf holen sie ihn ein. Es gibt ein Handgemenge. Die Polizisten ringen Smirnow nieder, fesseln ihn und stellen die Beute sicher.
Und du? Du hast alles gefilmt – was für eine sensationelle Reportage!

Ende

Auch du fühlst dich nicht sicher und bittest Igor, die Verantwortung zu übernehmen.
Etwas zögerlich tut er es.
Er nimmt einen gewaltigen Anlauf. Während er beschleunigt, schaust du kurz zum Torwart. Der spielt eine Art Hampelmann auf der Linie. Das sieht irgendwie ziemlich lustig aus – aber der junge Mann hat mit seiner Taktik Erfolg und wehrt Igors nicht sehr platziert geschossenen Schuss ab.
Das bedeutet leider: Ihr habt verloren! Eure Gegner jubeln und lassen sich feiern.
Maßlos enttäuscht sinkt Igor zu Boden. Du gehst zu ihm und ziehst ihn wieder auf die Beine.
„Das macht doch nichts, ich hätte es auch nicht besser hinbekommen", tröstest du ihn. „Außerdem hast du dich im Gegensatz zu mir der Herausforderung gestellt. Komm, lass uns noch etwas trinken gehen."
Da lächelt Igor ein wenig.
Nachdem ihr euch das Finale angeschaut habt (das übrigens eure Gegner aus dem Elfer-Drama gewinnen), macht ihr noch einen tollen nächtlichen Bummel durch Moskau.

Ende

Я ВОКЗАЛ

Wer weiß, was da wirklich so alles drin ist und wie das Zeug bei dir wirkt …

Nö, von so etwas hast du schon immer lieber die Finger gelassen, und das ist auch gut so.

Auch ohne die angeblich so tolle Pille wird es ein schöner Abend. Gegen zwei Uhr morgens verabschiedest du dich, fährst ins Hotel zurück und fällst in einen tiefen, erholsamen Schlaf.

Lies weiter auf Seite 16

Du weichst den Tritten möglichst aus und ignorierst das teilnahmslose Gesicht des Schiris, der nach wie vor alles durchgehen lässt. Was für eine Pfeife!
Auch Igor fährt diese Linie, weil er keine Rote Karte wegen eines Revanchefouls riskieren will.
Statt zu foulen, konzentrierst du dich also auf das, was du am besten kannst: Kicken. Igor macht es ebenso.
Trotz der Härte der Gegner gelingen euch zwei schöne Tore. Die Treter kommen noch einmal heran und verkürzen auf 1:2. Doch dir gelingt mit einem Volley das entscheidende 3:1. Ihr seid eine Runde weiter und steht jetzt schon im Halbfinale.
Dort stoßt ihr auf einen schweren Brocken: Die beiden jungen Typen sind wirklich begnadete Fußballer. Sie spielen fair und einfach irre gut. Mit etwas Glück geht ihr durch Igor in Führung. Nach einem feinen Doppelpass erhöhst du sogar auf 2:0.
Nun ruht ihr euch ein wenig auf der Führung aus. Das rächt sich: Kurz vor dem Ende der Partie fällt zuerst der Anschlusstreffer und nur dreißig Sekunden später sogar der Ausgleich.
Jetzt muss ein Elfmeterschießen die Entscheidung bringen!
Jeder Spieler ist abwechselnd Schütze und Torwart.
Nach je fünf Schüssen steht es wieder Remis: Alle gehen rein. Doch den sechsten Elfer der Gegner hält Igor. Das heißt: Wenn ihr jetzt verwandelt, steht ihr im Finale. Doch Igor ist ein wenig unsicher und schaut zu dir …

Wenn du den Elfer trittst,
lies weiter auf Seite 57

Wenn du Igor bittest, den Elfer zu schießen,
lies weiter auf Seite 78

„Nicht anfassen, Kurzer, ich finde hier schon allein raus!", schnauzt du den Typ an und schiebst ihn zurück.
Der junge Mann, der kein Wort Deutsch oder Englisch versteht, wertet das jedoch dummerweise als Angriff. Der Kerl mag vielleicht klein sein, aber er beherrscht im Gegensatz zu dir Karate.
Sekunden später liegst du bewusstlos am Boden. Autsch!
Du wachst in einem Krankenhaus auf. Dein rechter Arm ist in Gips.
O nein, jetzt kannst du deinen Job nicht mehr erledigen! Von der WM gibt es keinen einzigen Bericht mehr von dir.
Was für ein Pech – wärst du doch niemals zu diesem Turnier gegangen …

Ende

Wie im Kino trittst du die Tür auf und richtest die Waffe auf die drei Männer, die dort an einem Tisch sitzen.
„Pfoten hoch!“, schreist du die Kerle an, zu denen auch – wie du schon vermutest hast – der Boss namens Mischa gehört.
Lächelnd gehorchen er und die beiden anderen Gangster.
Aber warum grinst Mischa so blöd?, fragst du dich mit einem Mal.
Mischas Blick geht an dir vorbei zu einem bestimmten Punkt hinter dir.
Du wirbelst herum, doch du bist zu langsam. Neben der Tür hat ein vierter Gangster gelauert. Auch er hat seine Waffe gezückt. Dummerweise schießt er als Erster …

Ende

Mit weichen Knien stiefelst du die Treppe hinunter. Nun stehst du in einem blitzsauberen Gang, der hell erleuchtet ist. Wirklich komisch. Die Blutspur führt zu einer klinisch weißen Stahltür. Du wagst es, sie einen Spalt zu öffnen.
Was du jetzt siehst, raubt dir den Atem: Vor dir liegt ein riesiges Labor, in dem mehrere Leute in weißen Klamotten an Tischen arbeiten. Eine Frau hat eine blutende Wunde an der Hand, die gerade von einem Kollegen verarztet wird.
Die Leute in den Kitteln drehen dir den Rücken zu und haben dich noch nicht entdeckt. Blitzartig gehst du hinter einem Regal in Deckung.
Von dort siehst du, dass auf den Tischen Skelette liegen. Dir wird flau. Doch dann erkennst du, dass es sich nicht um menschliche Skelette handeln kann – dafür sind die Knochen viel zu groß.
Deine Augen werden schmal: Sind das etwa die Skelette von Mammuts? Genau, so wird es sein!, ahnst du.
Dann ist dies vermutlich ein geheimes Labor. Aber was haben die Spezialisten zu verbergen?

**Wenn du sie fragst, was sie hier tun,
lies weiter auf Seite** 31

**Wenn du lieber heimlich einen Film
mit deinem Handy machst,
lies weiter auf Seite** 94

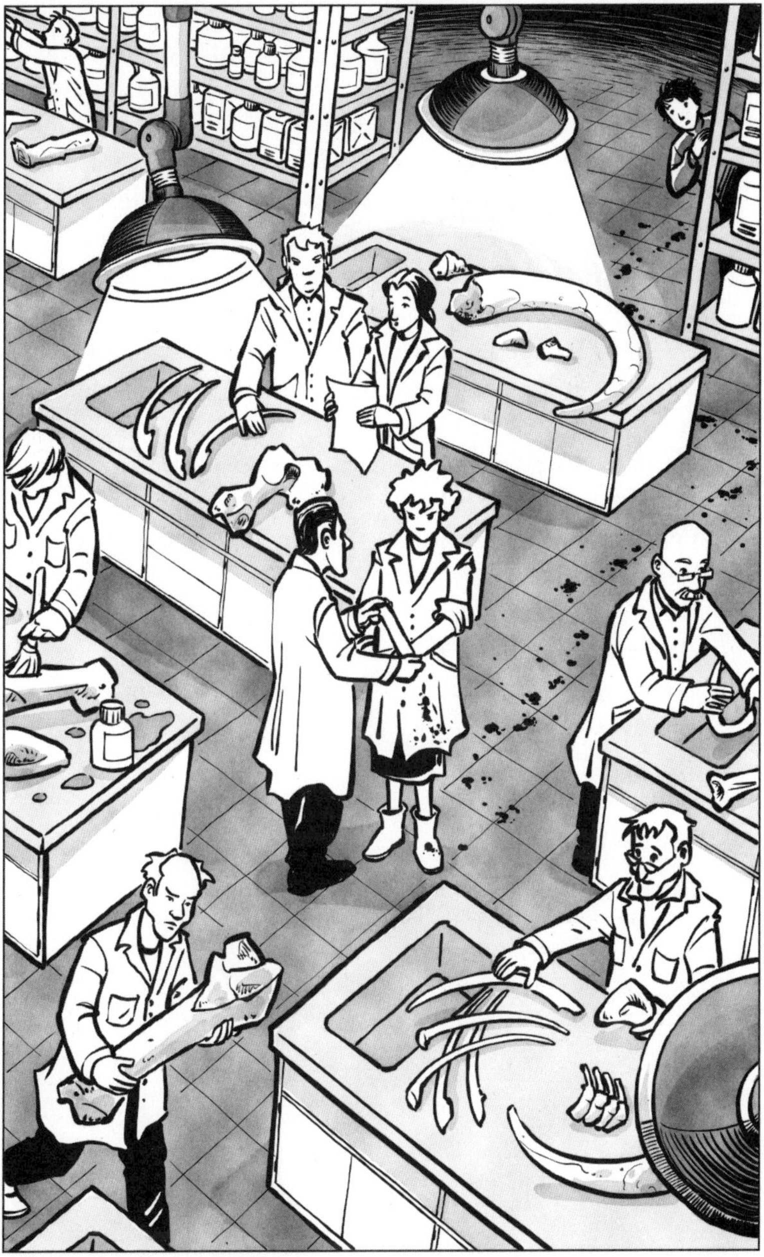

Du verlässt die Halle und kommst dabei an den bewaffneten Gorillas am Eingang vorbei. Sie beachten dich nicht weiter, was dir ganz recht ist.
Du läufst ein paar Meter und zückst dein Handy. Dann googelst du die Nummer der Polizei. Gerade willst du dort anrufen, als sich eine schwere Hand auf deine Schulter legt.
Du fährst herum – einer der beiden Türwächter steht hinter dir und reißt dir das Handy weg. Er schaut sich die Nummer an, die du gerade gewählt hast. Der Typ knurrt wie ein gereizter Bär und zermalmt dein Handy unter dem Absatz seines Schuhs.
Dann packt er dich und will dich zurück in die Halle treiben.

Wenn du dich wehrst,
lies weiter auf Seite 72

Wenn du lieber erst mal abwartest,
lies weiter auf Seite 113

Es gelingt dir, dich aus der Halle zu stehlen und die Polizei zu rufen. Wenig später sind zwei etwas gelangweilt wirkende Beamte vor Ort. Du führst sie zu dem Schlägertyp und auch zu den Burger-Zwillingen. Doch keiner der drei will etwas von dem Erpressungsversuch wissen. Oleg und Alexej haben offenbar Angst, und der Schlägertyp lügt sowieso das Blaue vom Himmel herunter.
Die Beamten ziehen achselzuckend wieder ab – und du bist bis auf die Knochen blamiert.
Angewidert verlässt du erneut die Halle. Auf Nimmerwiedersehen. Dieses miese Spiel willst du dir nicht anschauen!

Ende

88

Als erfolgreicher Fußballer bist du nicht nur schnell, sondern verfügst auch über eine sehr gute Kondition. Also flitzt du los. Dein Plan: Irgendwo verstecken und die Polizei rufen. Doch dieser Plan hat einen entscheidenden Fehler: Er funktioniert nicht. Denn die Täter sind ebenfalls schnell. Plötzlich kracht hinter dir ein Schuss und du weißt:
Das ist das

Ende

Du stößt einen lauten Pfiff aus und die Wölfe schauen zu dir hoch. Jetzt hast du ihre ganze Aufmerksamkeit, sehr gut!
Und nun kommt dein großer Wurf! Die Wölfe springen auf und sausen los.
Doch dann – o Graus – knallt der Riegel gegen einen Baumstamm ganz in der Nähe und landet auf dem Boden. Die Wölfe stürzen sich auf das Futter und machen sich den kleinen Happen gegenseitig streitig.
So weit, so gut. Doch eigentlich hattest du gehofft, dass der Riegel noch ein gutes Stück weiterfliegt.
Egal, du bekommst keine zweite Chance! Also runter vom Baum, während sich die Meute weiter um das Leckerli balgt.

Du springst, landest auf dem Boden, rollst dich ab, rennst blindlings los. Vollgas!
Du läufst, bis deine Muskeln brennen.
Längst hast du jede Orientierung verloren.
Aber das macht alles nichts, solange die Wölfe dich nicht verfolgen.
Genau das ist auch der Fall. Ein Glück! Doch wo bist du?
Du irrst herum und entdeckst plötzlich eine Blutspur am Boden, die zu einem verfallenen Haus führt.

Lies weiter auf Seite 50

Ein hübscher Übersteiger von dir – und das Publikum rast, während dein Gegner ziemlich dumm aus der Wäsche schaut. Du stürmst auf das gegnerische Tor zu, der Schlaks baut sich vor dir auf, du täuschst einen Pass zu Igor an. Dein Gegner orientiert sich in diese Richtung – und du, was machst du?

Du ziehst ab! Was für ein Strahl!

Bäng, voll unter die Latte – der Ausgleich!

Igor strahlt und reckt den rechten Daumen nach oben.

Das Spiel geht weiter und ist ziemlich ausgeglichen. Doch kurz vor dem Ende legst du Igor den Ball auf und er schlenzt ihn in den Winkel zum Siegtreffer.

Ihr klatscht euch ab. Obwohl ihr ziemlich erschöpft seid, habt ihr nicht viel Zeit zum Ausruhen. Denn schon steht das nächste Spiel an. Jetzt seid ihr in der K.-o.-Runde. Das heißt: Wer verliert, ist raus aus dem Turnier.

Diesmal sind eure Gegner ein ganz anderes Kaliber. Die Kerle foulen wie die Holzhacker. Mehrfach landest du auf dem harten Boden. Der Schiri lässt euren fiesen Gegnern alles durchgehen. Nach einem weiteren Foul gelingt den Tretern der Führungstreffer. Jetzt bist du so richtig sauer.

Wenn du dich beim nächsten Foul zu einer Revanche hinreißen lässt, lies weiter auf Seite 10

Wenn du dich nicht provozieren lässt, lies weiter auf Seite 81

Wladimir ist sichtlich beleidigt, als du dich nicht auf diesen Deal einlässt. Dann stapfst du mit Edgar durch den Ort, der aus ein paar verstreuten Häusern besteht. Um die Suche zu beschleunigen, trennt ihr euch schließlich, auch wenn du nur ein paar Brocken Russisch kannst. Aber die Leute werden sicher auch ein wenig Englisch verstehen.
Du läufst von Haus zu Haus, während das Wetter sich zusehends verschlechtert. Außerdem wird es allmählich dunkel. Niemand kann dir helfen. Schließlich zeigt eine nette Frau auf einen schmalen Weg, der in einen Wald führt. Dort stehe noch ein abgelegenes Haus, gibt sie dir zu verstehen. Vielleicht hat die Familie dort Informationen für dich.

Wenn du dich auf den Weg zu dem Haus machst, lies weiter auf Seite 47

Wenn du lieber zu Edgar gehst, lies weiter auf Seite 102

Bämm! Du hämmerst den Ball mit voller Wucht aufs Tor. Auch wenn der Torwart an dieses Geschoss herangekommen wäre, hätte er keine Chance gehabt: Du hättest den armen Kerl ebenfalls ins Tor geballert.
Das saß also! Ihr seid im Finale.
Igor beglückwünscht dich, die Halle tobt und feiert euch. Eure Gegner gratulieren euch fair.

Dann schaut ihr euch das zweite Halbfinale an, um zu erfahren, wer eure Gegner im Endspiel sein werden. Als das Spiel zu Ende ist, treten zwei freundliche Männer an euch heran. Sie reden auf Igor ein, der plötzlich blass wird.
„Was ist denn?", fragst du und bittest darum, dass er für dich übersetzt.
„Die Herren bieten uns Geld an", sagt er mit belegter Stimme.
„Ach ja? Und was sollen wir dafür tun?", fragst du misstrauisch.
„Wir beide gelten als Favoriten für den Sieg im Finale", meint Igor. „Die meisten Leute in dieser Halle haben ihr Geld auf uns gesetzt. Die beiden Herren aber setzen eine Million Rubel auf unsere Gegner und bieten uns zehn Prozent davon, wenn wir das Endspiel absichtlich verlieren."
Eine Million … das sind rund 16.000 Euro, rechnest du blitzschnell um. Zehn Prozent wären immerhin 1.600 Piepen.

Wenn du das ablehnst,
lies weiter auf Seite **21**

Wenn du zwanzig Prozent verlangst,
lies weiter Seite **63**

Eine kleine Tablette kann ja keinen großen Schaden anrichten, oder? Also rein damit! Schon hast du sie mit einem Schluck Cola runtergespült.
Zunächst passiert überhaupt nichts. Doch als du eine halbe Stunde später mit Anja den Laden verlässt, wird dir plötzlich schwindelig und dann schwarz vor Augen.
Als du erwachst, liegst du auf einer Bank in irgendeinem Park. Dir brummt der Schädel. Was ist nur vergangene Nacht passiert?
Dann stellst du zu deinem Entsetzen fest, dass du bestohlen worden bist. Alles ist weg: Pass, Geld und die Akkreditierung für die WM. O nein! Und jetzt dämmert es dir: Diese Anja hat dich bestimmt mit der Tablette betäubt und dann ausgeraubt!
Du rennst sofort zur Polizei. Aber zum einen findet man Anja nirgends, zum anderen bekommst du eine Menge Probleme, weil du dich noch nicht einmal ausweisen kannst.
Probleme bekommst du auch mit deinem Boss Müller. Der feuert dich nämlich kurzerhand, weil er dein Verhalten für völlig leichtsinnig und unprofessionell hältst.

Ende

Wow, das ist so irre! Heimlich, still und leise filmst du die Wissenschaftler.

Klar, die Aufnahme ist alles andere als professionell, aber das macht nichts. Ganz im Gegenteil! Die etwas verwackelten Bilder unterstreichen ja nur, dass du diese Aufnahmen heimlich gemacht hast und dass der Job verdammt gefährlich ist!

Dir gelingt die Flucht aus dem Geheimlabor. Wenig später bist du wieder bei deinem Kumpel Edgar.

Der staunt nicht schlecht, als du ihm deinen Film zeigst.

Ihr fahrt zurück ins Hotel und schickt die Datei zu eurem Chef. Der ist hellauf begeistert und sorgt dafür, dass dein Beitrag zur besten Sendezeit gezeigt wird.

Du bist mit einem Schlag berühmt! Weitere Recherchen ergeben, dass die Wissenschaftler im Auftrag eines Verbrechersyndikats arbeiten und die Mammutknochen für den Verkauf an reiche Sammler präparieren. Die Polizei macht dem kriminellen Treiben ein Ende – dank dir!

Ende

Du fädelst bei dir selbst ein, gerätst prompt ins Stolpern und gehst theatralisch zu Boden. Dabei lässt du den schönen Pokal fallen.

„Trottel", fährt Smirnow dich an. „Hoch mit dir und weiter!"

Als du dich aufrappelst, hast du die großartige Idee, Smirnow anzuspringen. Doch der Museumsleiter ist zu schnell für dich und schießt …

Ende

„Wow, ist der schwer!“, sagst du, als du das goldene Prachtstück in den Händen hältst.
„Kommen Sie doch mal mit dem Pokal zu mir“, bittet Smirnow, der in der Tür stehen geblieben ist.
Achselzuckend tust du, was er sagt – ein Fehler: Denn plötzlich zieht der Mann eine Pistole.
„Was soll das?“, fragst du mit trockenem Mund.
Der Museumsleiter deutet zur Decke. „Schauen Sie, da oben ist eine Kamera, die gerade gefilmt hat, wie Sie den Pokal aus diesem Raum geschleppt haben. Jeder wird Sie für einen Dieb halten!“
„Und was ist mit Ihnen?“
„Da ich den Raum nicht betreten habe, wurde ich nicht von der Kamera gefilmt. Und jetzt tragen Sie den Pokal durch diese Tür dort.“ Mit der Kanone deutet Smirnow auf einen Hinterausgang des Museums. „Wir werden jetzt eine kleine Reise machen.“

**Wenn du gehorchst,
lies weiter auf Seite** **52**

**Wenn du versuchst, Smirnow zu entwaffnen,
lies weiter auf Seite** **58**

Der Gangster stellt das Tablett ab, dreht sich um und will dein Gefängnis verlassen. Da hast du eine Idee! Ohne weiter darüber nachzudenken, ziehst du ihm von hinten das Tablett über die Birne.
Zack, das hat gesessen! Glaubst du jedenfalls, denn du bist dir sicher, dass der Kerl zu Boden geht.
Irrtum. Tut er nicht. Mit einem bösen Grinsen dreht er sich um und greift nach hinten in den Hosenbund, wo seine Kanone steckt.
Doch du bist schneller. Noch ein Hieb mit dem Tablett, diesmal auf die Stirn.
Und jetzt – bingo! – sackt der Verbrecher tatsächlich zusammen.
1:0 für dich!
Und jetzt? Wie ist dein Plan, mein Lieber?

Wenn du dir die Waffe schnappst und versuchst, aus dem Unterschlupf der Gangster zu fliehen, lies weiter auf Seite 49

Wenn du lieber mit dem Handy des Gangsters die Polizei rufst, lies weiter auf Seite 106

Smirnow staunt nicht schlecht, als du in den Beiwagen springst und dich neben den Pokal quetschst.
Schon wandert der Lauf der Pistole in deine Richtung. Doch du bist schneller: Mit einem sauberen Handkantenschlag entwaffnest du deinen Gegner.
Der Museumsleiter stößt einen Fluch aus, dann gibt er Gas – und wie!
Die Maschine rast los und du wirst in den Sitz gepresst. Mann, gibt es hier eigentlich keinen Sicherheitsgurt? Vielleicht, aber du findest ihn nicht, weil der Wahnsinnige am Steuer die Maschine in einem aberwitzigen Tempo durch den dichten Verkehr prügelt.
Jetzt verpasst er dir einen Tritt gegen die Schulter. Offenbar will er dich aus dem Beiwagen befördern.
Aber nicht mit dir. Du packst das Bein, doch Smirnow reißt es nach oben – nun hast du seinen Schuh in der Hand.
Zack! Du schleuderst den Treter an den Kopf des Museumsleiters. Wutentbrannt legt er eine Vollbremsung hin. Jetzt hebt es dich aus dem Beiwagen!
O Gott, wärst du doch nur angeschnallt gewesen! Instinktiv greifst du nach dem Pokal und fliegst mit ihm aus dem Beiwagen. Du schlägst in der Luft einen wunderbaren Salto und landest in der Auslage eines Gemüsehändlers, und zwar in den Tomaten. Klatsch, matsch – was für eine schöne Sauerei!

Lies weiter auf Seite 59

Du trommelst dein Team zusammen und berichtest von Müllers Anruf.
„Ich mache mir nichts aus Fußball“, sagt Edgar sofort. „Ehrlich gesagt finde ich die Mammuts viel spannender und möchte daher lieber hier in Sibirien bleiben.“
Thomas und Willi können sich nicht so recht entscheiden. Sie finden beide Themen interessant.
Also hast du freie Wahl.
Hm, was nun? Klar, über die Fußball-WM zu berichten, wäre ein Traum. Du spielst schließlich selbst Fußball.

Aber Müller hat schon recht: Damit kannst du als Reporter kaum Ruhm ernten. Schließlich machen das alle Sender. Doch hier, in diesem trostlosen Kaff in Sibirien, gibt es vielleicht eine richtige Bombenstory. Du bist hin- und hergerissen.

Wenn du nach Moskau zur WM möchtest, lies weiter auf Seite 13

Wenn du dich für die Mammuts entscheidest, lies weiter auf Seite 45

Dein Mut hat dich verlassen. Mit hängenden Schultern drehst du dich um und gehst einfach. Das Gelächter Pjotrs und der anderen miesen Typen weht hinter dir her.
Und so kommt es, wie es kommen muss: Die Burger-Zwillinge verlieren brav das Finale. Sie verschießen sogar einen Elfmeter! Was für eine Schande!
Später sitzt du nachdenklich in deinem Hotel. Wenn du mehr riskiert hättest, hättest du diesen Betrug verhindern können. Mag sein, aber vielleicht hättest du auch einen sehr hohen Preis für deinen Mut gezahlt …

Ende

Ihr fahrt zurück ins Hotel. Dort telefoniert ihr mit eurem Chef Müller. Der will die Story unbedingt haben und sagt, dass ihr Wladimir ruhig das Doppelte geben könnt.
Na schön, also fahrt ihr am nächsten Tag noch einmal in das Dorf. Doch nun erlebt ihr eine böse Überraschung. Wladimir hat die Story an ein anderes Kamerateam von der Konkurrenz verkauft.
Na toll, ihr habt den Auftrag komplett vermasselt!
Müller ist alles andere als begeistert …

Ende

„Was soll das?“, pflaumst du Smirnow an.
Er lächelt auf eine seltsame Art und sagt: „Das ist doch viel zu gefährlich. Was ist, wenn du da oben stecken bleibst?“
„Ich glaube Ihnen kein Wort. Ich glaube viel eher, dass Sie mit den Gangstern unter einer Decke stecken und Ihnen genügend Vorsprung verschaffen wollen“, erwiderst du.
„Das ist eine Frechheit!“, ruft der Museumsleiter mit sichtlich gespielter Empörung.
„Ist es nicht, geben Sie es zu!“, blaffst du ihn an.
Plötzlich hat Smirnow ein Messer in der Hand und sticht zu. Du versuchst auszuweichen, doch in dem engen Raum gelingt es dir nicht. Die Waffe dringt in deinen linken Arm, den du schützend gehoben hast. Doch du hast ja noch deinen rechten Arm – und vor allem deine rechte Faust. Die landet krachend unterm Kinn des Museumsleiters. Er geht zu Boden, ist k. o.
Und jetzt? In den Schacht schaffst du es mit dem verletzten Arm nicht mehr. Also bollerst du so lange gegen die Tür, bis dich jemand hört – allerdings dauert es bis zum frühen Morgen.
Smirnow wird verhaftet und gesteht, dass Fans des Lokalrivalen ZSKA Moskau den Pokal gestohlen haben, um dem verhassten Gegner etwas besonders Wertvolles wegzunehmen. Und er, Smirnow, habe viel Geld dafür bekommen, den Tätern den Weg zu ebnen.
Du solltest als Täter herhalten. Wie gut, dass du Smirnow stoppen konntest.
Der Pokal wird gefunden und kehrt an seinen angestammten Ehrenplatz zurück!

Ende

Unvermittelt verreißt du das Steuer und krachst einem Lieferwagen in die Seite. Der Aufprall ist hart und Smirnow knallt mit dem Kopf gegen die Seitenscheibe.
Er lässt die Waffe fallen und verliert das Bewusstsein.
Was für ein Glück, dein Plan hat funktioniert!
Du springst aus dem kaputten Auto und läufst dem erbosten Lkw-Fahrer in die Arme. Der würde dich am liebsten verprügeln, doch du kannst ihn beschwichtigen und die Polizei rufen.
Kurz darauf ist sie vor Ort. Du berichtest, was vorgefallen ist, und die Beamten nehmen den Museumsboss, der langsam wieder zu sich kommt, fest.
Und du? Du wirst von den örtlichen Medien als Held gefeiert und hast auch noch eine Bombenstory abseits des Fußballgeschehens!

Ende

Du beginnst zu rennen. Nur weg hier! Ein Fehler. Denn das weckt den Jagdinstinkt des Wesens, das sich in dem Gebüsch versteckt hat.
Im Rennen drehst du dich um.
O Gott, das ist ein Wolf!
Nein, falsch, das ist nicht nur ein Wolf, das ist ein ganzes Rudel! Zähnefletschend kommen die Tiere näher und holen dich mühelos ein.
Tja, und da sie völlig ausgehungert sind, ahnst du schnell: Das ist das

Ende

106

Du tastest den bewusstlosen Schurken ab und findest das Handy in seiner rechten Hosentasche. Schon wählst du den Notruf.

Die Polizei meldet sich und du flüsterst, dass man dich entführt hat!

Der Beamte versteht dich aber nicht – zum einen, weil er kaum Deutsch kann, zum anderen, weil du so leise redest.

Du sprichst nun wesentlich lauter und auf Englisch.

Ein Fehler. Denn die anderen Gangster hören dich!

Sie stürzen sich auf dich. Du schnappst dir die Waffe des Gangsters, den du niedergeschlagen hast. Dein zweiter Fehler. Denn die Täter sind ebenfalls bewaffnet und können viel besser mit einer Schusswaffe umgehen …

Ende

Sicher ist sicher, du darfst kein Risiko eingehen, sondern musst für deinen Sender gute Arbeit abliefern. Dafür wirst du schließlich bezahlt.
„Tut mir leid, Igor", sagst du. „Aber ich kann nicht."
„Du willst nicht, das ist ein kleiner Unterschied", korrigiert Igor dich.
Das versetzt dir einen Stich. „Nenn es, wie du es willst", erwiderst du. „Aber ich bin in Russland, um über die WM zu berichten, und nicht, um an einem Turnier teilzunehmen."
Igor winkt ab. „Schon gut, ich bin nur so maßlos enttäuscht."
„Das kann ich gut verstehen, aber das Wichtigste ist, dass Dimitri schnell wieder gesund wird und Fußball spielen kann und wir uns auf unsere Jobs konzentrieren."

Das sieht Igor ein. Ihr verlasst die Halle und geht noch in ein nettes Lokal.
Eine Stunde später ruft Dimitri an und erzählt, dass er nur eine leichte Bänderdehnung hat. In zwei bis drei Wochen wird er wieder fit sein.
Auch nach der WM bleibt ihr über Facebook in Kontakt, und so erfährst du, dass Igor und Dimitri ein großes Turnier gewinnen. Du freust dich mit ihnen!

Ende

Du lässt Pjotr herankommen. Erst als er etwa zehn Meter von deiner Kiste entfernt ist, stürmst du ihm entgegen, um den Winkel zu verkürzen.

Pjotr zieht ab und will dich tunneln – die Höchststrafe!

In letzter Sekunde bekommst du die Füße zusammen. Der Ball flutscht dir dennoch durch die Hosenträger, wird aber von deiner linken Ferse etwas abgelenkt.

Voller Panik drehst du dich um. Der Ball kullert auf dein leeres Tor zu.

O nein! Du hast verloren!

Pjotr stößt schon Jubelschreie aus, während die Burger-Zwillinge bleich werden.

Doch dann tickt der Ball gegen den Pfosten und springt von dort zurück ins Feld!

Das ist deine Chance! Du hetzt zurück und schnappst dir die Murmel.

Voller Wut stürzt sich Pjotr dir entgegen. Ein eleganter Übersteiger, schon bist du an dem Mistkerl vorbei. Du fliegst förmlich auf das gegnerische Tor zu und versenkst die Kugel darin. Jubelnd reißt du die Fäuste hoch. Das Publikum ist aufgestanden und klatscht begeistert.

Pjotr fügt sich in die Niederlage. Die Burger-Zwillinge gewinnen das Finale des Turniers – und daran hast du einen großen Anteil!

Ende

Irre, was Moskau so alles zu bieten hat. Du lässt dich durch das Nachtleben treiben, besuchst nette Kneipen, coole Klubs und lernst eine Menge total netter Leute kennen.
Der Rubel sitzt heute Abend ganz schön locker bei dir, aber ab und zu muss man sich auch mal etwas gönnen, oder?
Gegen Mitternacht bist du in einem besonders schicken Klub. Dort hast du eine hübsche junge Frau kennengelernt. Sie heißt Anja, kommt aus Deutschland und ist wie du Journalistin. Das behauptet sie jedenfalls.
„Du siehst ganz schön müde aus“, sagt sie zu dir.
Stimmt, denkst du, ich fühle mich auch ziemlich kaputt. Schließlich habe ich einen anstrengenden Tag hinter mir.
„Ich habe hier eine Koffeintablette, die wirkt total super und ist völlig ungefährlich. Wenn du die nimmst, bist du sofort wieder fit. Willst du mal eine probieren?“, fragt Anja und zwinkert dir zu.

**Wenn du die Tablette lieber nicht nimmst,
lies weiter auf Seite** **80**

**Wenn du die Tablette nimmst,
lies weiter auf Seite** **93**

„Helfen Sie mir!“, bittest du Smirnow.
„Was soll ich tun?“, fragt er.
„Sie werden meine Leiter sein“, sagst du mit einem Lächeln.
Mit einem Seufzer kniet er sich hin und du steigst auf seine Schultern.
„Aua!“, jammert der Museumsboss.
Das überhörst du und drückst das Gitter nach oben. Du kannst es in den Schacht schieben. Jetzt hängst du dich an die Kante und spähst in den Schacht. Super, der ist groß genug! Du wirst hindurchkrabbeln und einen anderen Raum erreichen können, der nicht verschlossen ist. Von dort kannst du dann die Polizei alarmieren.
Doch als du dich in den Schacht schwingen willst, hängt sich Smirnow plötzlich an deine Beine und zieht dich wieder runter. Sein höfliches Benehmen lässt er fallen wie eine Maske.
„Du bleibst hier!“, zischt er.

Wenn du Smirnow angreifst,
lies weiter auf Seite **18**

Wenn du erst einmal herausfinden willst,
was hier gespielt wird,
lies weiter auf Seite **103**

„Ne, lass mal“, winkst du ab. „Da wird doch bestimmt geschummelt.“
Das Lächeln aus Nadjas Gesicht verschwindet. „Wie bitte? Willst du damit sagen, dass hier betrogen wird?“
„Äh, nein … also, ich meine …“, stammelst du.
Nadja stößt einen schrillen Pfiff aus und sofort kommt ein kleiner drahtiger Typ auf dich zu.
„Der möchte gehen“, sagt Nadja und deutet auf dich.
Der Kleine fasst dich am Arm und will dich aus der Halle schieben.

Wenn du das mit dir machen lässt,
lies weiter auf Seite **75**

Wenn du dem Typen sagst,
dass er dich gefälligst nicht anfassen soll,
lies weiter auf Seite **82**

Der Gorilla schleift dich in die Halle. Dort treibt er dich eine Treppe hinunter und sperrt dich in einem fensterlosen Kellerraum ein.
Wenig später kommen zwei andere Männer, die Deutsch sprechen.
„Wir können keine Typen gebrauchen, die unser schönes Spiel kaputtmachen", sagt der eine. „Deswegen wirst du so lange hier bleiben, bis das Turnier zu Ende ist. Dann lassen wir dich laufen. Vielleicht."
Du nickst ergeben.
Die Tür schlägt hinter dir zu und wird verriegelt.
Stunde um Stunde vergeht. Niemand kommt und lässt dich raus.
Schließlich dämmert es dir: Die Mistkerle haben dich hier unten vergessen …
O nein! Du versuchst, die Tür aufzubrechen, doch das misslingt. Erschöpft gibst du es irgendwann auf.
Ein Tag vergeht. Dann der nächste. Hunger und Durst quälen dich … und schließlich wird dir klar: Das ist das

Ende

Nichts wie raus aus diesem Horrorhaus! Du jagst die Treppe hinauf und willst ins Freie stürmen.
Doch noch in der Tür krachst du mit jemand zusammen und setzt dich erst mal auf den Hintern.
Vor dir steht … Edgar.
„Wo kommst du denn her?“, fragst du verdattert.
„Ich konnte dich nicht erreichen und habe nach dir gesucht“, antwortet der Kameramann und lacht.
„Psst, nicht so laut“, flehst du ihn an. „Da unten ist jemand. Oder etwas … Das ist mir nicht geheuer!“
Edgar runzelt die Stirn. „Dann lass uns mal lieber abhauen. Ich habe diesen Auftrag allmählich satt!“
Ihr lauft zum Auto zurück. Wenig später erreicht ihr Anadyr.

Lies weiter auf Seite 102

Du kletterst aus dem Fenster und duckst dich hinter eine Mülltonne. Mit der Waffe in der Hand peilst du die Lage. Jetzt wuchten die beiden Typen wieder eine Kiste aus dem Wagen und tragen sie zum Schuppen. Jetzt, das ist deine Chance!

Du wetzt zum Auto. Schon hast du die Tür aufgerissen und sitzt hinterm Steuer. Gang rein, Vollgas! Die Karre macht einen Satz nach vorn und beschleunigt – yes! Du bretterst auf ein Holztor zu, das leider verschlossen ist.

Bäng, bäng, bäng! Schüsse peitschen. Ein Blick in den Seitenspiegel. Die Gangster feuern auf dich. Kugeln bohren sich ins Heck, dann in den linken hinteren Reifen. Er platzt, der Wagen beginnt zu schleudern. Egal, du gibst weiter Gas und donnerst auf das Tor zu.

Wo ist der Gurt? Zitternd lässt du ihn einrasten. Kurz vor dem Aufprall schließt du die Augen. Dann crasht der Lieferwagen in das Tor. Du wirst nach vorn geschleudert, ein starker Schmerz schießt in deine Brust. Doch das elende Tor fliegt auf! Mit verbeulter Autofront schlingerst du über eine Straße.

Wegen des kaputten Reifens verlierst du in einer Kurve die Kontrolle über die demolierte Kiste und krachst in das hell erleuchtete Schaufenster einer Bar. Zum Glück wird dabei niemand verletzt!

Sofort stürzen viele Leute herbei. Sie kümmern sich um dich und rufen die Polizei. Das ist dir nur recht. Denn jetzt wird den miesen Entführern das Handwerk gelegt!

Ende

Leseprobe aus dem
Ravensburger Taschenbuch 52591
„1000 Gefahren in der Schule des Schreckens“
von Fabian Lenk

Du bist Tim, ein echt schlaues Kerlchen. Viele sagen, dass du es einfach draufhast: Du bist witzig, schlagfertig und sportlich. Du bist einfach eine coole Socke.

Doch du bist nicht nur eine coole, sondern auch eine verdammt faule Socke. Vor allem in der Schule. Bei dir stimmt der alte Spruch: Wenn Faulheit wehtäte, würdest du den ganzen Tag vor Schmerz schreien.

„Macht mal langsam, Leute“, pflegst du zu sagen, wenn man dich deswegen dumm anredet. „Chillt mal, Leute. Streber gibt es doch genug, oder?“

Und warum das arme Gehirn mit all dem Kram belasten, den man später sowieso nicht mehr braucht?, fragst du dich. Mit Logarithmen oder Gedichtinterpretationen? Mit chemischen Formeln, die länger sind als der Hals einer Giraffe?

Nö, damit sollen sich andere belasten. Du machst mal lieber die Konsole an! Die Hausaufgaben können warten. Vielleicht erledigst du das heute Abend noch. Vielleicht ... Oder morgen kurz vor der ersten Stunde. Alex lässt dich oft abschreiben. Zack, zack – schon ist das erledigt.

Auf dem Bildschirm erscheint dein neues Lieblingsspiel! Yes, jetzt wird gezockt!

Doch da ertönt die Stimme deines Vaters: „Tim, komm sofort runter!“

Lies weiter auf Seite 33

8

Das ist euch zu unheimlich! Ihr saust ins Zimmer zurück. Zum Glück herrscht bald völlige Stille. Du sinkst in einen tiefen Schlaf.

Am nächsten Morgen tönt ein schriller Alarmton durch das alte Schulgebäude. Das Wecksignal! Wie ätzend ist das denn? Beim Frühstück setzt sich Larry neben dich.

Du nimmst dir eine ordentliche Portion Rührei, stellst deinen Teller auf dem Tisch ab und holst dir ein Glas Orangensaft. Als du zu deinem Platz zurückkehrst, hat sich das Rührei in einen Berg Spinat verwandelt. Du hasst Spinat!

„Wunder dich nicht, das ist hier völlig normal", sagt Larry zu dir. „In dem alten Kasten spukt es!"

Irre, denkst du und holst dir eine neue Portion Rührei, die du diesmal nicht mehr aus den Augen lässt. Dennis bekommt deinen Spinat.

Auch beim Unterricht geht es nicht immer mit rechten Dingen zu – Sachen verschwinden auf unerklärliche Weise. Ein Stück Kreide macht sich selbstständig und schreibt einige seltsame Schriftzeichen an die Tafel. Die Lehrer und die Schüler, die schon länger an der Schule sind, nehmen es gelassen.

Aber dir lässt das Ganze keine Ruhe – haben diese seltsamen Vorfälle mit den Geräuschen auf dem Dachboden zu tun?

Als es Nacht wird, stiefelst du noch einmal hinauf …

Lies weiter auf Seite 38

Du bläst die Backen auf. Sitzen bleiben? Schock! Damit hast du nicht gerechnet. Du hast geglaubt, dass du dich mit ein bisschen mehr mündlicher Mitarbeit retten kannst …
„Weißt du, was mich daran vor allem ärgert? Dass das völlig überflüssig ist. Denn du bist alles andere als dumm, du bist einfach nur stinkfaul!", schimpft dein Dad.
Hm, da könnte er recht haben, denkst du.
„Ich rede noch mal mit dem Lehrer", sagst du schwach. „Und vielleicht mache ich noch ein Referat, um mich zu verbessern."
Doch deine Mutter schüttelt den Kopf. „Zu spät, mein lieber Sohn. Nur in Sport hast du eine Eins. Aber in Mathe bist du genauso schlecht wie in Deutsch, Kunst, Englisch oder Erdkunde. Du bleibst wieder mal sitzen."
So ein Mist!, denkst du. Ziemlich peinlich. Es ist schon die zweite Ehrenrunde.
„Wir glauben nicht, dass es etwas bringt, wenn du die Klasse an deiner bisherigen Schule wiederholst", sagt dein Dad. „Außerdem reicht es uns mit deiner Faulheit. Du kommst auf ein Internat, damit aus dir doch noch etwas wird: auf die Sally Sander's Special School, eine Schule für ganz besondere Kinder und Jugendliche. Dieses Internat genießt einen hervorragenden Ruf. Außerdem stehst du dort unter ständiger Beobachtung!"
O Gott!, denkst du nur. Aber jeder Widerstand ist zwecklos.

Lies weiter auf Seite 100

„Ich wette, dass Anger gerade nach dem Schatz gräbt“, sagst du. „Wir müssen ihn dort weglocken – dann gehört der Schatz uns!“

Larry lacht. „Coole Idee. Nur – wie willst du das anstellen?“

„Ganz einfach: Einer von uns beiden spielt den Lockvogel. Er zeigt sich Anger, der ihm garantiert hinterherrennen wird. Und der andere nutzt die Zeit, um sich den Schatz unter den Nagel zu reißen. Später teilen wir.“

Larry überlegt einen Moment. „Okay, klingt gut. Aber du bist der Lockvogel. Es war schließlich deine Idee!“

Wenn du dich darauf einlässt,
lies weiter auf Seite 19

Wenn du versuchst,
Larry dazu zu überreden,
dass er den Lockvogel spielt,
lies weiter auf Seite 80

Du schleichst aus dem Raum und rufst die Polizei, die kurz darauf mit einem Großaufgebot anrückt, Sander überwältigt und Larry befreit.

Dein Freund ist natürlich überglücklich. Als Dank für deine Heldentat bekommst du einen Monat Sonderurlaub, den du in dem schicken Ferienhaus von Larrys Eltern verbringen darfst.

Außerdem wirst du für ein halbes Jahr von den Hausaufgaben befreit.

Läuft, oder?

Ende

12

Niemand kann dich zwingen, dieses abweisende Gebäude zu betreten. Dafür muss doch jeder Verständnis haben, oder? Dumm nur, dass das Taxi bereits weg ist. Egal, du zückst das Handy und willst dir ein neues rufen. Aber was ist denn das? Kein Empfang …

Mein Gott, wo bist du hier nur gelandet?

Aber du bist ja sportlich. Zwar gehört Wandern nicht zu deinen Lieblingsdisziplinen, aber jetzt hast du keine andere Wahl. Also stiefelst du los und läufst die Serpentinen zum Dorf hinunter. Du hoffst, dass in dieser menschenleeren Gegend zufällig mal ein Autofahrer vorbeikommt, der dich mitnimmt.

Irrtum. Niemand kommt.

Irgendwann reicht es dir und du entscheidest dich, statt der Serpentinen eine Abkürzung zu nehmen: Du schulterst den Koffer und kletterst einen steilen Pfad hinunter.

Doch dabei rutschst du aus und fällst in eine Schlucht!

Ende

„Das finde ich nicht so toll", maulst du.
„Wie bitte?", brüllt dein Sportlehrer.
„Ich würde lieber ins Freibad!", sagst du.
Strongs Gesicht beginnt, sich rot zu verfärben.
„Oder in den Freizeitpark", ergänzt du.
„Ach ja?", schnauft Strong. „Der Herr wünscht also ein Alternativprogramm?"
Du nickst.
„Das kannst du haben", schreit der Lehrer.
Cool, denkst du. Es lohnt sich eben, auch mal den Mund aufzumachen.
„Du wirst jetzt zurück in die Schule laufen …", kündigt Strong an.
Immerhin besser, als in den Sumpf zu wandern, denkst du.
„… und dort wirst du alle Toiletten putzen!"
Ach du Schande!
„Ich hasse Widerworte, mein Kleiner. Und die treibe ich dir aus! Auf geht's, um 20 Uhr werde ich alle Toiletten kontrollieren!"

Ende

14

Nein, du bist ein ganz braver und lieber Schüler. Du erledigst dein Programm. Schulleiterin Sander und ihr Wachhund, der Hausmeister Ed Anger, kontrollieren dich in regelmäßigen Abständen und sind sehr zufrieden mit dir.
Auch an den kommenden Wochenenden halsen sie dir eine Menge auf, aber du machst alles, ohne zu murren.
Dabei lernst du, in einem bestimmten Zeitfenster bestimmte Dinge einfach mal zu Ende zu bringen. Das tut dir gut, denn auch deine Schulnoten werden immer besser.
Nach einem Monat Schufterei darfst du zur Belohnung ein Wochenende in einem Freizeitpark verbringen. Was für ein Spaß!
Und deine Versetzung ist auch kein Thema mehr. Nicht nur deine Lehrer, auch deine Eltern sind sehr zufrieden mit dir. Und was noch wichtiger ist: Du bist es auch!

Ende